# 光阴的馈赠

季羡林 著

中国纺织出版社有限公司

## 内容提要

本书是季羡林先生的散文精选集，也是先生九十多年人生智慧的总结和心灵独白。全书分为少年不识愁滋味、心怀家国燃青春、吾心似箭归燕园、桑榆童心永少年四辑，先生在人生不同时期留下的文字从不同侧面透射出对人情世事的开朗豁达，对治学研究的认真严谨、对人生旅程的认知思考，无不闪耀着启迪人们心智的灿烂光辉。


**图书在版编目（CIP）数据**

光阴的馈赠／季羡林著．-- 北京：中国纺织出版社有限公司，2020.9

ISBN 978-7-5180-7712-0

Ⅰ．①光… Ⅱ．①季… Ⅲ．①散文集—中国—当代 Ⅳ．①I267

中国版本图书馆CIP数据核字（2020）第140114号

策划编辑：李满意　胡　明　　责任编辑：张　强
责任校对：寇晨晨　　责任印制：王艳丽

中国纺织出版社有限公司出版发行
地址：北京市朝阳区百子湾东里A407号楼　邮政编码：100124
销售电话：010—67004422　传真：010—87155801
http: //www.c-textilep. com
中国纺织出版社天猫旗舰店
官方微博 http://weibo.com/2119887771
天津千鹤文化传播有限公司印刷　各地新华书店经销
2020年9月第1版第1次印刷
开本：880×1230　1/32　印张：7.5
字数：137千字　定价：45.00元

1934年，季羡林清华大学毕业时留影

1946年，季羡林任北京大学教授，
主持创办东方语言文学系

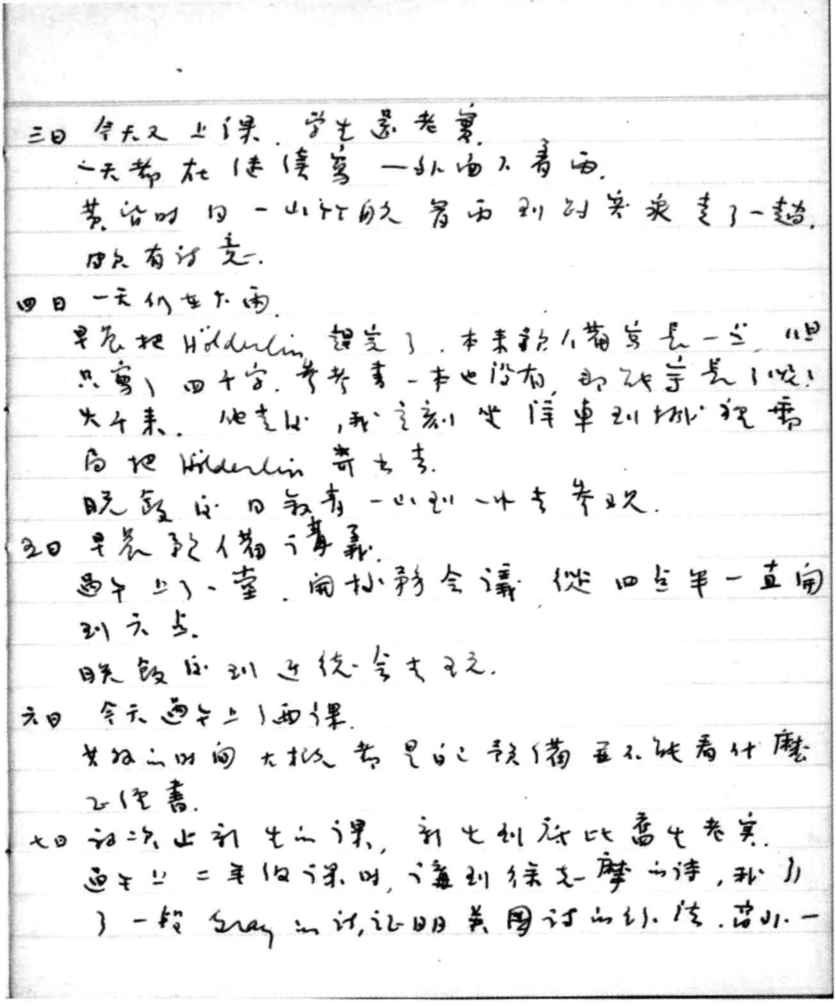

《清华园日记》手稿（部分）

# 目录

## 第一辑 少年不识愁滋味



## 第二辑 心怀家国燃青春

# 第一辑

# 少年不识愁滋味

# 回忆一师附小

学校全名应该是山东省立第一师范附属小学。

我于1917年阴历年时分从老家山东清平（现划归临清市）到了济南，投靠叔父。大概就在这一年，念了几个月的私塾，地点在曹家巷。第二年，就上了一师附小。地点在南城门内升官街西头。所谓“升官街”，与升官发财毫无关系。“官”是“棺”的同音字，这一条街上棺材铺林立。大家忌讳这个“棺”字，所以改谓升官街，礼也。

附小好像是没有校长，由一师校长兼任。当时的一师校长是王士栋，字祝晨，绰号“王大牛”。他是山东教育界的著名人物。民国一创建，他就是活跃的积极分子，担任过教育界的什么高官，同鞠思敏先生等同为山东教育界的元老，在学界享有盛誉。当时，一师和一中并称，都是山东省立重要的学校，因此，一师校长也是一个重要的职位。在一个七八岁的小学生眼中，校长宛如在九天之上，可望而不可即，可是命运真正会捉弄人，在十六年以后，在 1934 年，我在清华大学毕业后到山东省立济南高中来教书，王祝晨老师也在这里教历史，我们成了平起平坐的同事。在王老师方面，在一师附小时，他根本不会知道我这样一个小学生，他对此事，绝不会有什么感触。而在我呢，情况却迥然不同，一方面我对他执弟子礼甚恭，一方面又是同事，心里直乐。

我大概在一师附小只待了一年多，不到两年，因为在我的记忆中换过一次教室，足见我在那里升过一次级。至于教学的情况，老师的情况，则一概记不起来了。唯一的残留在记忆中的一件小事，就是认识了一个“盔”字，也并不是在国文课堂上，而是在手工课堂上。老师教我们用纸折叠东西，其中有一个头盔，知道我们不会写这个字，所以用粉笔写在黑板上。这事情发生在一间大而长的教室中，室中光线不好，有点黯淡，学生人数不少。教员写完了这个字以后，回头看学生，戴着近视眼镜的脸上，有一丝笑容。

我在记忆里深挖，再深挖，实在挖不出多少东西来。学校的整个建筑，一团模糊。教室的情况，如云似雾。教师的名字，一个也记不住。学习的情况，如海上三山，糊里糊涂。总之是一点具体的影像也没有。我只记得，李长之是我的同班。因为他后来成了名人，所以才记得清楚，当时对他的印象也是模糊不清的。最奇怪的是，我记得了一个叫卞蕴珩的同学。他大概是长得非常漂亮，行为也极潇洒。对于一个七八岁的孩子来说，男女外表的美丑，他们是不关心的。可不知为什么，我竟记住了卞蕴珩，只是这个名字我就觉得美妙无比。此人后来再没有见过。对我来说，他成为一条神龙。

此外，关于我自己，还能回忆起几件小事。首先，我做过一次生意。我住在南关佛山街，走到西头，过马路就是正觉寺街。街东头有一个地方，叫新桥。这里有一所炒卖五香花生米的小铺子。铺子虽小，名气却极大。这里的五香花生米（济南俗称长果仁）又咸又香，远近驰名。我经常到这里来买。我上一师附小，一出佛山街就是新桥，可以称为顺路。有一天，不知为什么，我忽发奇想，用自己从早点费中积攒起来的一些小制钱（中间有四方孔的铜币）买了半斤五香长果仁，再用纸分包成若干包，带到学校里向小同学兜售，他们都震于新桥花生米的大名，纷纷抢购，结果我赚了一些小制钱，尝到做买卖的甜头，偷偷向我家的阿姨王妈报告。这样大概做了几次。我可真没有想到，自己在七八岁时竟显露出来了做生意的“天才”。可惜我以后“误”入“歧途”，“天才”没有得到发展。否则，如果我投笔从贾，说不定我早已成为一个大款，挥金如土，不像现在这样柴、米、油、盐、酱、醋、茶都要斤斤计算了。我是一个被埋没了的“天才”。

还有一件小事，就是滚铁圈。我一闭眼，仿佛就能看到一个八岁的孩子，用一根前面弯成钩的铁条，推着一个铁圈，在升官街上从东向西飞跑，耳中仿佛还能听到铁圈在青石板路上滚动的声音。这就是我自己。有一阵子，我迷上了滚铁圈这种活动。在南门内外的大街上没法推滚，因为车马行人，喧闹拥挤。一转入升官街，车少人稀，英雄就大有用武之地了。我用不着拐弯，一气就推到附小的大门。

然而，世事多变，风云突起。为了一件没有法子说是大是小的、说起来简直是滑稽的事儿，我离开了一师附小，转了学。原来，当时正是五四运动风起云涌的时候，而一师校长王祝晨是新派人物，立即起来响应，改文言为白话。忘记了是哪个书局出版的国文教科书中选了一篇名传世界的童话《阿拉伯的骆驼》，内容讲的是：在沙漠大风暴中，主人躲进自己搭起来的帐篷，而把骆驼留在帐外。骆驼忍受不住风沙之苦，哀告主人说："只让我把头放进帐篷行不行？"主人答应了。过了一会儿，骆驼又哀告说："让我把前身放进去行不行？"主人又答应了。又过了一会儿，骆驼又哀告说："让我全身都进去行不行？"主人答应后，自己却被骆驼挤出了帐篷。童话的意义是非常清楚的。但是天有不测风云，这篇课文竟让叔父看到了。他大为惊诧，高声说："骆驼怎么能说话呢！荒唐！荒唐！转学！转学！"

于是我立即转了学。从此一师附小只留在我的记忆中了。

2002 年 2 月 28 日

# 回忆新育小学（节选）

我从一师附小转学出来，转到了新育小学，时间是在1920年，我九岁。我同一位长我两岁的亲戚同来报名。面试时我认识了一个“骡”字，定为高小一班。我的亲戚不认识，便定为初小三班，少我一字，一字之差我比他高了一班。

## 我们的校舍

新育小学坐落在南圩子门里，离我们家不算远。校内院子极大，空地很多。一进门，就是一大片空地，长满了青草，靠西边有一个干涸了的又圆又大的池塘，周围用砖石砌得整整齐齐，当年大概是什么大官的花园中的花池，说不定曾经有过荷香四溢、绿叶擎天的盛况，而今则是荒草凄迷、碎石满池了。

校门东向。进门左拐有几间平房，靠南墙是一排平房。这里住着我们的班主任李老师和后来是高中同学的、北大毕业生宫兴廉的一家子，还有从曹州府来的三个姓李的同学，他们在家乡已经读过多年私塾，年龄比我们都大，国文水平比我们都高，他们大概是家乡的大地主子弟，在家乡读过书以后，为了顺应潮流，博取一个新功名，便到济南来上小学。带着厨子和听差，住在校内，令我怀念难忘的是他们吃饭时那一蒸笼雪白的馒头。

进东门，向右拐，是一条青石板砌成的小路，路口有一座用木架子搭成的小门，门上有四个大字：循规蹈矩。我当时不知道是什么意思，但觉得这四个笔画繁多的字很好玩。进小门右侧是一个花园，有假山，用太湖石堆成，山半有亭，翼然挺立。假山前后，树木蓊郁。那里长着几棵树，能结出黄色的豆豆，至今我也不知道叫什么树。从规模来看，花园当年一定是繁荣过一阵的。是否有纳兰容若词中所写的“晚来风起撼花铃，人在碧山亭”那样的荣华，不得而知；但是，极有气派，则是至今仍然依稀可见的。可惜当时的校长既非诗人，也非词人，对于这样一个旧花园熟视无睹，任它荒凉衰败、垃圾成堆了。

花园对面，小径的左侧是一个没有围墙的大院子，没有多少房子，高台阶上耸立着一所极高极大的屋子，里面隔成了许多间，校长办公室，以及其他一些会计、总务之类的部门，分别占据。屋子正中墙上挂着一张韦校长的炭画像，据说是一位高年级的学生画的，我觉得，并不很像。走下大屋的南台阶，距离不远的地方，左右各有一座大花坛，春天栽上牡丹和芍药什么的，一团锦绣。出一个篱笆门，是一大片空地，上面说的大圆池就在这里。

出高台阶的东门，就是“循规蹈矩”小径的尽头。向北走进一个门是一个极大的院子，东西横排着两列大教室，每一列三大间，供全校六个班教学之用。进门左手是一列走廊，上面有屋顶遮盖，下雨淋不着。走廊墙上是贴布告之类的东西的地方。走过两排大教室，再向北，是一个大操场，对一个小学来说，操场是够大的了。有双杠之类的设施，但是，不记得上过什么体育课。小学没有体育课是不可思议的。再向北，在西北角上，有几间房子，是教员住的。门前有一棵古槐，覆盖的面积极大，至今脑海里还留有一团蓊郁翠秀的影像。

校舍的情况就是这个样子。

## 我的学习和生活

在我的小学和中学中，新育小学不能说是一所关键的学校。可是不知为什么，我对新育三年记忆得特别清楚。一闭眼，一幅完整的新育图景就展现在我的眼前，仿佛是昨天才离开那里的，校舍和人物，以及我的学习和生活，巨细不遗，均深刻地印在我的记忆中。更奇怪的是，我上新育与一师附小紧密相连，时间不过是几天的工夫，而后者则模糊成一团，几乎是什么也记不起来。其原因到现在我也无法解释。

新育三年，斑斓多彩，文章谈到我自己、我的家庭、当时的社会情况，内容异常丰富，只能再细分成小题目，加以叙述。

## 学习的一般情况

总之，一句话，我是不喜欢念正课的。对所有的正课，我都采取对付的办法。上课时，不是玩小动作，就是不专心致志地听老师讲，脑袋里不知道是想些什么，常常走神儿，斜眼看到教室窗外四时景色的变化，春天繁花似锦，夏天绿柳成荫，秋天风卷落叶，冬天白雪皑皑。旧日有一首诗："春天不是读书天，夏日迟迟正好眠，秋有蚊虫冬有雪，收拾书包好过年。"可以为我写照。当时写作文都用文言，语言障碍当然是有的，最困难的是不知道怎样起头。老师出的作文题写在黑板上，我立即在作文簿上写上"人生于世"四个字，下面就穷了词儿，仿佛永远要"生"下去似的。以后憋好久，才能憋出一篇文章。万没有想到，以后自己竟一辈子舞笔弄墨。我逐渐体会到，写文章是要讲究结构的，而开头与结尾最难，这现象在古代大作家笔下经常可见。然而，到了今天，知道这种情况的人似乎已不多了。也许有人竟认为这是怪论，是迂腐之谈，我真欲无言了。有一次作文，我不知从什么书里抄了一段话："空气受热而上升，他处空气来补其缺，遂流动而成风。"句子通顺，受到了老师的赞扬。可我一想起来，心里就不是滋味，愧悔有加。

在今天，这也可能算是文坛的腐败现象吧。可我只是十岁的孩子，不知道什么叫文坛，我一不图名，二不图利，完全为了好玩儿。但自己也知道，这样做是不对的，所以才悔愧，从那以后，一生中再没有剽窃过别人的文字。

小学也是每学期考试一次，每年两次，三年共有六次，我的名次总盘桓在甲等三四名和乙等前几名之间。甲等第一名被一个叫李玉和的同学包办。他比我大几岁，是一个拼命读书的学生。我从来也没有争第一名的念头，我对此事极不感兴趣。根据我后来的经验，小学考试的名次对一个学生一生的生命历程没有多少影响。家庭出身和机遇影响更大。我从前看过一幅丰子恺的漫画，标题是“小学的同学”，画着一副卖吃食的担子，旁边站着两个人，颇能引人深思。但是，我个人有一次经历，比丰老画得深刻多了。有一天晚上，我在济南院前大街雇洋车回佛山街，在黑暗中没有看清车夫是什么人。到了佛山街下车付钱的时候，蓦抬头，看到是我新育小学的同班同学！我又惊讶又尴尬，一时说不出话来。我如果是漫画家，画上一幅画，一辆人力车，两个人，一人掏钱，一人接钱，相信会比丰老的画更能令人深思。

## 我的性格

我一生自认为是一个性格内向的人，一个上不得台盘的人。每次参加大会，在大庭广众中，浑身觉得不自在，总想找一个旮旯儿藏在那里，少与人打交道。“今天天气，哈，哈，哈”一类的话，我不愿意说；说出来也不地道。每每看到一些男女交际花，在人群中走来走去，如鱼得水，左边点头，右边哈腰，脸上作微笑状，纵横捭阖，折冲樽俎，得意洋洋，顾盼自雄，我真是羡慕得要死，可我做不到。我现在之所以被人看作社会活动家，甚至国际活动家，完全是环境造成的。是时势造“英雄”，我是一只被赶上了架的鸭子。

可是现在回想起来，我在新育小学时期，性格好像不是这个样子，一点也不内向，外向得很。我喜欢打架，欺负人，也被人欺负。有一个男孩子，比我大几岁，个子比我高半头，总好欺负我。最初我有点怕他，他比我劲大。时间久了，我忍无可忍，同他干了一架。他个子高，打我的上身。我个子矮，打他的下身。后来搂抱住滚在双杠下面的沙土堆里，有时候他在上面，有时候我在上面，没有决出胜负。上课铃响了，各回自己的教室。从此他再也不敢欺负我，天下太平了。

我却反过头来又欺负别的孩子。被我欺负最厉害的是一个名叫刘志学的小学生，岁数可能比我小，个头差不多，但是懦弱无能，一眼被我看中，就欺负起他来。根据我的体会，小学生欺负人并没有任何原因，也没有什么仇恨。只是个人有劲使不出，无处发泄，便寻求发泄的对象了。刘志学就是我寻求的对象，于是便开始欺负他，命令他跪在地下，不听就拳打脚踢。如果他鼓起勇气，抵抗一次，我也许就会停止，至少会收敛一些。然而他是个窝囊废，一丝抵抗的意思都没有。这当然更增加了我的气焰，欺负的次数和力度都增加了。刘志学家同婶母是拐弯抹角的亲戚。他向家里告状，他父母便来我家告状。结果是我挨了婶母一阵数落，这一幕悲喜剧才告终。

从这一件小事来看，我无论如何也不能算是一个内向的孩子。怎么会一下子转成内向了呢？这问题我从来没有想到过。现在忽然想起来了，也就顺便给它一个解答。我认为，《三字经》中有两句话:“性相近，习相远。”“习”是能改造“性”的。我六岁离开母亲，童心的发展在无形中受到了阻碍。我能躺在一个非母亲的人的怀抱中打滚撒娇吗？这是不能够想象的。我不能说，叔婶虐待我，那样说是谎言；但是在日常生活中小小的歧视，却是可以感觉得到的，比如说，做衣服，有时就不给我做。在平常琐末的小事中，偏心自己的亲生女儿，这也是人之常情，不足为怪。一个七八岁的孩子对于这些事情并不敏感。但是，积之既久，在自己潜意识中难免留下些印记，从而影响到自己的行动。我清晰地记得，向婶母张口要早点钱，在我竟成了难题。有一个夏天的晚上，我们都在院子里铺上席，躺在上面纳凉。我想到要早点钱，但不敢张口，几次欲言又止，最后时间已接近深夜，才鼓起了最大的勇气，说要几个小制钱。钱拿到手，心中狂喜，立即躺下，进入梦乡，睡了一整夜。对一件事来说，这样的心理状态是影响不大的，但是时间一长，性格就会受到影响。我觉得，这个解释是合情合理的。

我在这里必须补充几句。我为什么能够从乡下到济南来呢？原因极为简单。我的上一辈大排行兄弟十一位，行一的大大爷和行二的二大爷是亲兄弟，是举人的儿子。我父亲行七，叔父行九，还有一个十一叔，是一母一父所生。最后一个因为穷，而且父母双亡，送给了别人，改姓刁。其余的行三四五六八十的都因穷下了关东，以后失去了联系，不知下落。留下的五个兄弟，大大爷有一个儿子，早早死去。我生下来时，全族男孩就我一个，成了稀有金属，传宗接代的大任全压在我一个人身上。在我生前很多年，父亲和九叔不到二十岁的时候，失怙失恃，无衣无食，兄弟俩被迫到济南去闯荡，经过了千辛万苦，九叔立定了脚跟。我生下来六岁时，把我接到济南。如果当时他有一个男孩的话，我是到不了济南的。如果我到不了济南，也不会有今天的我。我大概会终生成为一个介乎贫雇农之间的文盲，也许早已不在人世，墓木久拱了。所以我毕生感谢九叔。上面说到的那一些家庭待遇，并没有逾越人情的常轨，我并不怀恨在心。不过，既然说到我的小学和我的性格，不得不说说而已。

## 学英文

英文补习班似乎真有过，但具体的情况则完全回忆不起来了。时间大概是在晚上。我的记忆中有很清晰的一幕：在春天的晚间，上过课以后，在校长办公室高房子前面的两座花坛中间，我同几个小伙伴在说笑，花坛里的芍药或牡丹的大花朵和大叶子，在暗淡的灯光中，分不清红色和绿色，但是鼻子中似乎能嗅到香味。芍药和牡丹都不以香名。唐人诗“国色朝酣酒，天香夜染衣”，其中用“天香”二字，似指花香。不管怎样，当时，在料峭的春夜中，眼前是迷离的花影，鼻子里是淡淡的清香，脑袋里是刚才学过的英文单词，此身如遗世独立。这一幅电影画面以后常在我眼中展现，至今不绝。我大概确实学了不少的英文单词。毕业后报考正谊中学时，不意他们竟考英文，题目是翻译几句话：“我新得了一本书，已经读了几页；不过有些字我不认识。”我大概是翻出来了，所以才考了一个一年半级。

## 国文竞赛

有一年，在秋天，学校组织全校学生游开元寺。

开元寺是济南名胜之一，坐落在千佛山东群山环抱之中。这是我经常来玩的地方。寺上面的大佛头尤其著名，是把一面巨大的山崖雕凿成了一个佛头，其规模虽然比不上四川的乐山大佛，但是在全国的石雕大佛中也是颇有一点名气的。从开元寺上面的山坡往上爬，路并不崎岖，爬起来比较容易。爬上一刻钟到半个小时就到了佛头下。据说佛头的一个耳朵眼里能够摆一桌酒席。我没有试验过，反正其大概可想见了。从大佛头再往上爬，山路当然崎岖，山石更加亮滑，爬起来颇为吃力。

我曾爬上来过多次，颇有驾轻就熟之感，感觉不到多么吃力。爬到山顶上，有一座用石块垒起来的塔似的东西。从济南城里看过去，好像是一个橛子，所以这一座山就得名橛山。同泰山比起来，橛山不过是小巫见大巫；但在济南南部群山中，橛山却是鸡群之鹤，登上山顶，望千佛山顶如在肘下，大有“一览众山小”之慨了。可惜的是，这里一棵树都没有，不但没有松柏，连槐柳也没有，只有荒草遍山，看上去有点童山濯濯了。

从橛山山顶，经过大佛头，走了下来，地势渐低，树木渐多，走到一个山坳里，就是开元寺。这里松柏参天，柳槐成行，一片浓绿，间以红墙，仿佛在沙漠里走进了一片绿洲。虽然大庙那样的林宫梵宇、崇阁高塔在这里找不到，但是也颇有几处佛殿，佛像庄严。院子里有一座亭子，名叫静虚亭。最难得最引人注目的是一泓泉水，在东面石壁的一个不深的圆洞中。水不是从下面向上涌，而是从上面石缝里向下滴，积之既久，遂成清池，名之曰秋棠池，洞中水池的东面岸上长着一片青苔，栽着数株秋海棠。泉水是上面群山中积存下来的雨水，汇聚在池上，一滴一滴地往下滴。泉水甘甜冷洌，冬不结冰。庙里住持的僧人和络绎不绝的游人，都从泉中取水喝。用此水煮开泡茶，也是茶香水甜，不亚于全国任何名泉。有许多游人是专门为此泉而来开元寺的。我个人很喜欢开元寺这个地方，过去曾多次来过。这一次随全校来游，兴致仍然极高，虽归而兴未尽。

回校后，学校出了一个作文题目“游开元寺记”，举行全校作文比赛，把最好的文章张贴在教室西头走廊的墙壁上。前三名都是我在上面提到过的从曹州府来的三位姓李的同学所得。第一名作文后面教师的评语是“颇有欧苏真气”。我也榜上有名，但却在八九名之后了。

## 一次失败的造反

上小学时，有一位教我们珠算的绰号叫 shao qian（济南话，意思是知了）的教员。他那法西斯式的教学方法引起了全班学生的愤怒。哪里有压迫，哪里就有抵抗。对于小孩子也不例外。大家挨够了他的戒尺，控诉无门。告诉家长，没有用处。告诉校长，我们那位校长是一个小官僚主义者，既不教书，也不面对学生，不知道他整天干些什么。告诉他也不会有用。我们小小的脑袋瓜里没有多少策略，想来想去，只有一条路，就是造反，把他“架”（赶走）了。比我大几岁的几个男孩子带头提出了行动方略：在上课前把教师用的教桌倒翻过来，让它四脚朝天。我们学生都离开教室，躲到那一个寥落的花园假山附近的树丛中，每人口袋里装满了从树上摘下的黄色的豆豆，准备用来打 shao qian 的脑袋。但是，十一二岁的孩子们不懂什么组织要细密，行动要统一，意见要一致，便贸然行事。我喜欢热闹，便随着那几个大孩子，离开了教室，躲在乱树丛中，口袋里装满了黄豆豆，准备迎接胜利。但是，过了半个多小时，我们都回到教室里，准备用黄豆豆打教师的脑袋时，我们都傻了眼：大约有三分之一的学生安然坐在那里，听老师讲课，教桌也早已翻了过来。原来能形成的“统一战线”，现在彻底崩溃了。学生分成了两类：良民与罪犯。我们想造反的人当然都属于后者。shao qian 本来就不是什么好东西，现在看到有人居然想砸他的饭碗，其忿怒之情概可想见，他满面怒容，威风凛凛地坐在那里，竹板戒尺拿在手中，在等候我们这一批自投罗网的小罪犯。他看个子大小，就知道谁是主犯，谁是从犯。他先把主犯叫过去，他们自动伸出了右手。只听到重而响的啪啪的板子声响彻了没有人敢喘大气的寂静的教室。那几个男孩子也真有“种”，被打得龇牙咧嘴，却不哼一声。轮到我了，我也照样把右手伸出去，啪啪十声，算是从轻发落，但手也立即红肿起来，刺骨地热辣辣地痛。我走出教室，用一只红肿的手，把口袋里的黄豆豆倒在地上，走回家去，右手一直痛了几天。

我的第一次造反就这样失败了。

现在回想起来，大概我们都不是造反的材料。我们谁也没有研究、总结一下失败的教训：出了叛徒？没有做好“统一战线”工作？事过之后，谁都老老实实地上珠算课，心甘情愿地挨 shao qian 的竹板子打，从此以后，天下太平了。

## 偷看小说

那时候，在我们家，小说被称为“闲书”，是绝对禁止看的。但是，我和秋妹都酷爱看“闲书”，高级的“闲书”，像《红楼梦》《西游记》之类，我们看不懂，也得不到，所以不看。我们专看低级的“闲书”，如《彭公案》《施公案》《济公传》《七侠五义》《小五义》《东周列国志》《说唐》《封神榜》等等。我们都是小学水平，秋妹更差，只有初小水平，我们认识的字都有限。当时没有什么词典，有一部《康熙字典》，我们也不会、也不肯去查。经常念别字，比如把“飞檐走壁”，念成了“飞dan走壁”，把“气往上冲（衝）”念成了“气住上冲（重）”。反正，即使有些字不认识，内容还是能看懂的。我们经常开玩笑说：“你是用笤帚扫，还是用扫帚扫？”不认识的字少了，就是笤帚，多了就用扫帚。尽管如此，我们看闲书的瘾头仍然极大。那时候，我们家没有电灯，晚上，把煤油灯吹灭后，躺在被窝里，用手电筒来看。那些闲书，都是洋光纸石印的，字极小，有时候还不清楚。看了几年，我居然没有变成近视眼，实在是出我意料。

我不但在家里偷看，还把书带到学校里去，偷空就看上一段。校门外左首空地上，正在施工盖房子。运来了很多红砖，摞在那里，不是一摞，而是很多摞，中间有空隙，坐在那里，外面谁也看不见。我就搬几块砖下来，坐在上面，在下课之后，且不回家，掏出闲书，大看特看。书中侠客们的飞檐走壁，刀光剑影，仿佛就在我眼前晃动，我似乎也参与其间，乐不可支。等到脑筋清醒了一点，回家已经过了吃饭的时间，常常挨数落。

这样的闲书，我看得数量极大，种类极多。光是一部《彭公案》，我就看到了四十几续。越说越荒唐，越说越神奇，到了后来，书中的侠客个个赛过《西游记》的孙猴子。但这有什么害处呢？我认为没有。除了我一度想练铁砂掌以外，并没有持刀杀人，劫富济贫，做出一些荒唐的事情，危害社会。不但没有害处，我还认为有好处。记得鲁迅先生在答复别人问他怎样才能写通写好文章的时候说过，要多读多看，千万不要相信《文章作法》一类的书籍。我认为，这是至理名言。现在，对小学生，在课外阅读方面，同在别的方面一样，管得过多，管得过严，管得过死，这不一定就是正确的方法。无为而治，我并不完全赞成，但为的太多，我是不敢苟同的。

## 蚂蚱进城

还有一件小事，我必须在这里讲上一讲。因为我一生只见过一次，可能不能称为小事了，这就是蚂蚱进城。这种事，我在报纸上读到过，却还没有亲眼见过。

有一天，我去上学，刚拐进曹家巷，就看到地上蹦的跳的全是蚂蚱，不是有翅膀的那一种大个的，而是浑身光溜溜的小个的那一种。越往前走，蚂蚱越多，到朝山街口上，地上已经密密麻麻的全是蚂蚱了。人马要想走路，路上根本没有落脚之地，一脚下去，至少要踩死十几二十个。地上已经积尸成堆，如果蚂蚱有血的话，那就必然是血流成河了。但是小蚂蚱们对此视若无睹。它们是从南圩子门跳进城来的，目的是北进，不管有多大阻碍，它们硬是向北跳跃，可以说是置生死于不顾，其势是想直捣黄龙，锐不可当。我没有到南圩子门外去看，不知道那里的情况怎样。我也不知道，这一路蝗虫纵队是在哪里形成的，是怎样形成的。听说，它们所到之处，见绿色植物就吃，蝗群过后，庄稼一片荒芜。如果是长着翅膀的蝗群，连树上的叶子一律吃光，算是一种十分可怕的天灾。我踩着蚂蚱，走进学校，学校里一只也没有。看来学校因为离圩子门还有一段路，是处在蝗虫冲击波以外的地方，所以才能幸免。上午的课程结束后，在回家的路上，我又走过朝山街。此时蝗虫冲击波已经过去。至于这个波冲击多远，是否已经到了城门里面，我不知道。只见街上全是蚂蚱的尸体，令人见了发怵。有的地方，尸体已被扫成了堆，扫入山水沟内。有的地方则仍然是尸体遍野，任人践踏。看来这一次进城的蚂蚱，不能以万计，而只能以亿计。这一幕蚂蚱进城的闹剧突然而起，戛然而止。我当时只是觉得好玩而已，没有更多的想法。现在回想起来，我觉得，大自然这玩意儿是难以理解、难以揣摩的。它是慈祥的，人类的衣食住行无不仰给于大自然，这时的大自然风和日丽。但它又是残酷的，有时候对人类加以报复，这时的大自然阴霾蔽天。人类千万不要翘尾巴，讲什么“征服自然”。人类要想继续生存下去，只能设法理解自然，同自然交朋友，这就是我最近若干年来努力宣扬的“天人合一”。

## 想念母亲

我六岁离开了母亲，初到济南时曾痛哭过一夜。上新育小学时是九岁至十二岁。中间曾因大奶奶病故，回家过一次，是在哪一年，却记不起来了。常言道：“孩儿见娘，无事哭三场。”我见到了日夜思念的母亲，并没有哭；但是，我却看到母亲眼里溢满了泪水。

那时候，我虽然年纪尚小，但依稀看到了家里日子的艰难。根据叔父的诗集，民国元年，他被迫下了关东，用身上仅有的五角大洋买了十分之一张湖北水灾奖券，居然中了头奖。虽然只拿到了十分之一的奖金，但数目已极可观。他写道，一夜做梦，梦到举人伯父教他作诗，有两句诗，醒来还记得：“阴阳往复竟无穷，否极泰来造化工。”后来中了奖，以为是先人呵护。他用这些钱在故乡买了地，盖了房，很阔过一阵。我父亲游手好闲，农活干不了很多，又喜欢结交朋友，结果拆了房子，卖了地，一个好好的家，让他挥霍殆尽，又穷得只剩半亩地，依旧靠济南的叔父接济。我在新育小学时，常见到他到济南来，住上几天，拿着钱又回老家了。有一次，他又来了，住在北屋里，同我一张床。住在西房里的婶母高声大叫，指桑骂愧，数落了一通。这种做法，旧社会的妇女是常常使用的。我父亲当然懂得的，于是辞别回家，以后几乎没见他再来过。失掉了叔父的接济，他在乡下同母亲怎样过日子，我一点都不知道。尽管不知道，我仍然想念母亲。可是，我“身无彩凤双飞翼”，我飞不回乡下，想念只是白白地想念了。

我对新育小学的回忆，就到此为止了。我写得冗长而又拉杂。这对今天的青少年们，也许还会有点好处。他们可以通过我的回忆了解一下七十年前的旧社会，从侧面了解一下中国近现代史。对我自己来说，在写作的过程中，我仿佛又回到了七十多年前，又变成了一个小孩子，重新度过那可爱又并不怎么可爱的三年。

2002 年 3 月 15 日

# 我的中学时代

我幼无大志，自谓不过是一只燕雀，不敢怀“鸿鹄之志”。小学毕业时是1923年，我12岁。当时山东省立第一中学赫赫有名，为众人所艳羡追逐的地方，我连报名的勇气都没有，只敢报考正谊中学，这所学校绰号不佳：“破正谊”，与“烂育英”相映成双。

可这个“破”学校入学考试居然敢考英文，我“瞎猫碰上了死耗子”，居然把英文考卷答得颇好，因此，我被录取为不是一年级新生，而是一年半级，只需念两年半初中即可毕业。

破正谊确实有点“破”，首先是教员水平不高。有一个教生物的教员把“玫瑰”读为jiu kuai，可见一斑。但也并非全破。校长鞠思敏先生是山东教育界的老前辈，人品道德，有口皆碑；民族气节，远近传扬。他生活极为俭朴，布衣粗食，不改其乐。他立下了一条规定：每周一早晨上课前，召集全校学生，集合在操场上，听他讲话。他讲的都是为人处世、爱国爱乡的大道理，从不间断。我认为，在潜移默化中对学生会有良好的影响。

教员也不全是 jiu kuai 先生，其中也间有饱学之士。有一个姓杜的国文教员，年纪相当老了。由于肚子特大，同学们送他一个绰号“杜大肚子”，名字反隐而不彰了。他很有学问，对古文，甚至“选学”都有很深的造诣。我曾胆大妄为，写过一篇类似骈体文的作文。他用端正的蝇头小楷，把作文改了一遍，给的批语是：“欲作花样文章，非多记古典不可。”可怜我当时只有十三四岁，读书不多，腹笥瘠薄，哪里记得多少古典！

另外有一位英文教员，名叫郑又桥，是江浙一带的人，英文水平极高。

他改学生的英文作文，往往不是根据学生的文章修改，而是自己另写一篇。这情况只出现在英文水平高的学生作文簿中。他的用意大概是想给他们以简练揣摩的机会，以提高他们的水平，用心亦良苦矣。英文读本水平不低，大半是《天方夜谭》《莎氏乐府本事》《泰西五十轶事》《纳氏文法》等等。

我从小学到初中，不是一个勤奋用功的学生，考试从来没有得过甲等第一名，大概都是在甲等第三四名或乙等第一二名之间。我也根本没有独占鳌头的欲望。到了正谊以后，此地的环境更给我提供了最佳游乐的场所。校址在大明湖南岸，校内清溪流贯，绿杨垂荫。校后就是“四面荷花三面柳，一城山色半城湖”的“湖”。岸边荷塘星罗棋布，芦苇青翠茂密，水中多鱼虾、青蛙，正是我戏乐的天堂。我家住南城，中午不回家吃饭，家里穷，每天只给铜圆数枚，作午餐费。我以一个铜板买锅饼一块，一个铜板买一碗炸丸子或豆腐脑，站在担旁，仓促食之，然后飞奔到校后湖滨去钓虾，钓青蛙。虾是齐白石笔下的那一种，有两个长夹，但虾是水族的蠢材，我只需用苇秆挑逗，虾就张开一只夹，把苇秆夹住，任升提出水面，决不放松。钓青蛙也极容易，只需把做衣服用的针敲弯，抓一只苍蝇，穿在上面，向着蹲坐在荷叶上的青蛙，来回抖动，青蛙食性一起，跳起来猛吞针上的苍蝇，立即被我生擒活捉。我沉湎于这种游戏，其乐融融。至于考个甲等、乙等，则于我如浮云，“管他娘”了。

但是，叔父对我的要求却是很严格的。正谊有一位教高年级国文的教员，叫徐（或许）什么斋，对古文很有造诣。他在课余办了一个讲习班，专讲《左传》《战国策》《史记》一类的古籍，每月收几块钱的学费，学习时间是在下午 4 点下课以后。叔父要我也报了名。每天正课完毕以后，再上一两个小时的课，学习上面说的那一些古代典籍，现在已经记不清楚，究竟学习了多长的时间，好像时间不是太长。有多少收获，也说不清楚了。

当时，济南有一位颇有名气的冯鹏展先生，老家广东，流寓北方。英文水平很高，白天在几个中学里教英文，晚上在自己创办的尚实英文学社授课。他住在按察司街南口一座两进院的大房子里，学社就设在前院几间屋子里，另外还请了两位教员，一位是陈鹤巢先生，一位是纽威如先生，白天都有工作，晚上 7—9 时来学社上课。当时正流行 diagram（图解）式的英文教学法，我们学习英文也使用这种方法，觉得颇为新鲜。学社每月收学费大洋三元，学生有几十人之多。我大概在这里学习了两三年，收获相信是有的。

就这样，虽然我自己在学习上并不勤奋，然而，为环境所迫，反正是够忙的。每天从正谊回到家中，匆匆吃过晚饭，又赶回城里学英文。当时只有十三四岁，精力旺盛到超过需要。在一天奔波之余，每天晚 9 点下课后，还不赶紧回家，而是在灯火通明的十里长街上，看看商店的橱窗，慢腾腾地走回家。虽然囊中无钱，看了琳琅满目的商品，也能过一过“眼瘾”，饱一饱眼福。

叔父显然认为，这样对我的学习压力还不够大，必须再加点码。他亲自为我选了一些篇古文，讲宋明理学的居多，亲手用毛笔正楷抄成一本书，名之曰《课侄选文》，有空闲时，亲口给我讲授，他坐，我站，一站就是一两个小时。要说我真感兴趣，那是谎话。这些文章对我来说，远远比不上叔父称之为“闲书”的那一批《彭公案》《济公传》等等有趣。我往往躲在被窝里用手电筒来偷看这些书。

我在正谊中学读了两年半书就毕业了。在这一段时间内，我懵懵懂懂，模模糊糊，在明白与不明白之间；主观上并不勤奋，客观上又非勤奋不可；从来不想争上游，实际上却从未沦为下游。最后离开了我的大虾和青蛙，我毕业了。

我告别了我青少年时期的一个颇为值得怀念的阶段，更上一层楼，走上了人生的一个新阶段。当年我 15 岁，时间是 1926 年。

1998 年 8 月 25 日

# 尚实英文学社

写完了正谊中学，必须写一写与正谊同时的尚实英文学社。

这是一个私人办的学社，坐落在济南城内按察司街南口一条巷子的拐角处。创办人叫冯鹏展，是广东人，不知道何时流寓在北方，英文也不知道是在哪里学的，水平大概是相当高的。他白天在几个中学兼任英文教员，晚上则在自己家里的前院里招生教英文。学生每月记得是交三块大洋。教员只有三位：冯鹏展先生、钮威如先生、陈鹤巢先生。他们都各有工作，晚上教英文算是副业；但是，他们教书都相当卖力气。学子趋之若鹜，总人数大概有七八十人。别人我不清楚，我自己是很有收获的。我在正谊之所以能在英文方面居全班之首，同尚实是分不开的。在中小学里，课程与课程在得分方面是很不相同的。历史、地理等课程，考试前只需临时抱佛脚死背一气，就必能得高分。而英文和国文则必须有根底才能得高分，而根底却是在相当长的时间内打下的，现上轿现扎耳朵眼是办不到的。在北园山大高中时期，我有一个同班同学，名叫叶建桪，记忆力特强。但是，两年考了四次，我总是全班状元，他总屈居榜眼，原因就是其他杂课他都能得高分，独独英文和国文，他再聪明也是上不去，就因为他根底不行。我的英文之所以能有点根底，同尚实的教育是紧密相连的。国文则同叔父的教育和徐金台先生是分不开的。

说句老实话，我当时并不喜欢读书，也无意争强，对大明湖蛤蟆的兴趣远远超过书本。现在回想起来，当时对我的压力真够大的。每天（星期天当然除外）早上从南关穿过全城走到大明湖，晚上五点再走回南关。吃完晚饭，立刻就又进城走到尚实英文学社，晚九点回家，真可谓马不停蹄了。但是，我并没有感觉到什么压力，在精神上和肉体上都没有。每天晚上，尚实下课后，我并不急于回家，往往是一个人沿着院东大街向西走，挨个儿看马路两旁的大小铺面，有的还在营业。当时电灯并不明亮。大铺子，特别是那些卖水果的大铺子，门口挂上一盏大的煤气灯，照耀得如同白昼，下面摆着摊子，在冬天也陈列着从南方运来的香蕉和橘子，再衬上本地产的苹果和梨，红绿分明，五光十色，真正诱人。我身上连一个铜板都没有，只能过屠门而大嚼，徒饱眼福。然而却百看不厌，每天晚上必到。一直磨蹭到十点多才回到家中。第二天一大早就又要长途跋涉了。

我就是这样度过了三年的正谊中学时期和几乎同样长的尚实英文学社时期，当时我 12 岁到 15 岁。

2002 年 2 月 1 日

# 回忆北园山大附中

1926年，我15岁，在正谊中学春季始业的高中待了半年，秋天考入山东大学附设高中一年级。入正谊时占了半年的便宜，结果形同泡影，一扫而光了。

山大高中坐落在济南北园白鹤庄。泉城济南的地势，南高北低。常言道："水往低处流。"泉城七十二名泉的水，流出地面以后，一古脑儿都向北流来。连泰山北麓的泉水也通过黑虎泉、龙洞等处，注入护城河，最终流向北园，一部分注入小清河，向大海流去。因此，北园成了水乡，到处荷塘密布，碧波潋滟。风乍起，吹皱一塘清水。无风时则如一片明镜，可以看到二十里外的千佛山的倒影。有人怀疑这种说法，最初我也是怀疑派。后来我亲眼看到了，始知此语非虚。塘边绿柳成行。在夏天，绿叶葳蕤，铺天盖地，都是绿雾，仿佛把宇宙也染成了绿色的。虽然不能"烟笼十里堤"，也自风光旖旎，悦人心目。记得叔父有一首七绝：

杨花落尽菜花香，嫩柳扶疏傍寒塘。
蛙鼓声声向人语，此间即是避秦乡。

虽然写的是春天的景色，完全可以举一反三，看看北园究竟是一个什么样的地方。

白鹤庄就是处在绿杨深处、荷塘环绕的一个小村庄。高中所在地是村中的一处大宅院。当年初建时，据说是一个什么农业专科学校，后来关门了，山大高中初建就选定了这一座宅院作校址。这真是一个念书的绝妙的好地方。我们到的时候，学校已经有三年级一个班，二年级一个班，我们一年级共分四个班，总共六个班，学生二百余人。

## 我们的校舍

校舍很大，据说原来是一所什么农业专科学校。现在用作高中的校舍，是很适当的。

从城里走来，一走进白鹤庄，如果是在春、夏、秋三季，碧柳撑天，绿溪潺湲，如入画图中。向左一拐，是一大片空地，然后是坐北朝南的大门。进门向左拐是一个大院子，左边是一排南房，第一间房子里住的是监学，其余的房子里住着几位教员。靠西墙是一间大教室，一年级三班就在那里上课。向北走，走过一个通道，两边是两间大教室，右手的一间是一班，也就是我所在的班；左手是二班。走出通道是一个院子，靠东边是四班的教室。中间有几棵参天的大树，后面有几间房子，“大清国”、王崑玉和那位翰林住在里面。再向左拐是一个跨院，有几间房子。再往北走，迎面是一间大教室，曾经做过学生宿舍，住着二十多人。向东走，是一间教室，二年级的唯一的一个班在这里上课。再向东走，走过几间房子，有一个旁门，走出去是学生食堂，这已经属于校外了。回头向西走，经过住学生的大教室，有一个旁门，出去有几排平房，这是真正的学生宿舍。校舍的情况，大体上就是这个样子。应该说，里面的空间是相当大的，住着二三百学生并无拥挤之感。

## 学校管理和学生生活

现在回想起来，学校的管理是非常奇特的。应该有而且好像也真有一个校长；但是从来没有露过面，至于姓什么叫什么，统统忘掉了。学生们平常接触的学校领导人是一位监学。这个官衔过去没有碰到过，不知道是几品几级；也不知道他应该管什么事。当时的监学姓刘，名字忘记了。这个人人头极次，人缘不好，因为几乎全秃了顶，学生们赠以诨名“刘秃蛋”，竟以此名行。他经常住在学校中，好像什么事情都管。按理说，他应该是专管学生的操行和纪律的，教学应该由教务长管。可是这位监学也常到课堂上去听课，老师正在讲课，他站在讲台下面，环视全室，面露奸笑，感觉极为良好，大有天上天下，唯我独尊之势。学生没有一个人喜欢他的，他对此毫无感受。我现在深挖我的记忆，挖得再深，也挖不出一个刘秃蛋到学生宿舍或学生食堂的镜头。现在回想起来，这简直是不可思议的事情。足见他对学生的生活毫无兴趣，而对课堂上的事情却极端注意。每一个班的班长都由他指定。我因为学习成绩好，在两年四个学期中，我始终被他指定为班长。他之所以这样做，是“司马昭之心路人皆知”的，无非是想拉拢我，做他的心腹，向他打小报告，报告学生行动的动向。但是，我鄙其为人，这样的小报告，一次也没有打过。在校两年中，仅有一次学生“闹事”的事件，是三班学生想“架”一位英文教员。刘秃蛋想方设法动员我们几个学生支持他。我终于也没有上他的圈套。

我无论怎么想，也想不起学校有一间办公室，有什么教务员、会计、出纳之类的小职员。对一所有几百人的学校来说，这应该是不能缺的。学校是公立，不收学费，所以没有同会计打过交道。但是，其他行政和教学事务应该还是有的；可我无论如何也回忆不起来了。

至于学生生活，最重要的无非是两项：住和吃。住的问题，上面已经谈到，都住宿舍中，除了比较拥挤之外，没有别的问题。吃是吃食堂，当时叫作“饭团”。学校根本不管，由学生自己同承包商打交道。学生当然不能每人都管，由他们每月选出一名伙食委员，管理食堂。这是很复杂很麻烦的工作，谁也不愿意干。被选上了，只好干上一个月。但是，行行出状元。二年级有一个同学，名叫徐春藻，他对此既有兴趣，也有天才。他每夜起来巡视厨房，看看有没有厨子偷肉偷粮的事件。有一次还真让他抓到了。承包人把肉藏在酱油桶里，准备偷运出去，被他抓住，罚了款。从此伙食质量大有提高，经常能吃到肉和黄花鱼。徐春藻连选连任，他乐此不疲，一时成了风流人物。

## 我的生活和学习

关于生活，上面谈到的学生生活，我都有份儿，这里用不着再来重复。

但是，我也有独特的地方，我喜欢自然风光，特别是早晨和夜晚。早晨，在吃过早饭以后上课之前，在春秋佳日，我常一个人到校舍南面和西面的小溪旁去散步，看小溪中碧水潺潺，绿藻飘动，顾而乐之，往往看上很久。到了秋天，夜课以后，我往往一个人走出校门在小溪边上徘徊流连。上面我曾提到王崑玉老师出的作文题“夜课后闲步校前溪观捕蟹记”，讲的就是这个情景。我最喜欢看的就是捕蟹。附近的农民每晚来到这里，用苇箔插在溪中，小溪很窄，用不了多少苇箔，水能通过苇箔流动，但是鱼蟹则是过不去的。农民点一盏煤油灯，放在岸边。我在回忆正谊中学的文章中，曾说到蛤蟆和虾是动物中的笨伯。现在我要说，螃蟹绝不比它们聪明。在夜里，只要看见一点亮，就从芦苇丛中爬出来，奋力爬去，爬到灯边，农民一伸手就把它捉住，放在水桶里，等待上蒸笼。间或也有大鱼游来，被苇箔挡住，游不过去，又不知回头，只在箔前跳动。这时候农民就不能像捉螃蟹那样，一举手，一投足，就能捉到一只，必须动真格的了。只见他站起身来，举起带网的长竿，鱼越大，劲越大，它不会束“手”待捉，奋起抵抗，往往斗争很久，才能把它捉住。这是我最爱看的一幕。我往往蹲在小溪边上，直到夜深。

在学习方面，我现在开始买英文书。我经济大概是好了一点，不像上正谊时那么窘，节衣缩食，每年大约能省出两三块大洋，我就用这钱去买英文书。买英文书，只有一个地方，就是日本东京的丸善书店。办法很简便，只需写一张明信片，写上书名，再加上三个英文字母 COD（cash on delivery），日文叫作“代金引换”，意思就是：书到了以后，拿着钱到邮局去取书。我记得，在两年之内，我只买过两三次书，其中至少有一次买的是英国作家 Kipling 的短篇小说集。不知道为什么我当时竟迷上了 Kipling。后来学了西洋文学，才知道，他在英国文学史上是一个上不得大台盘的作家。我还试着翻译过他的小说，只译了一半，稿子早就不知道丢到哪里去了。反正我每次接到丸善书店的回信，就像过年一般地欢喜。我立即约上一个比较要好的同学，午饭后，立刻出发，沿着胶济铁路，步行走向颇远的商埠，到邮政总局去取书，当然不会忘记带上两三元大洋。走在铁路上的时候，如果适逢有火车开过，我们就把一枚铜圆放在铁轨上，火车一过，拿来一看，已经压成了扁的，这个铜圆当然就作废了，这完全是损己而不利人的恶作剧。要知道，当时我们才十五六岁，正是顽皮的时候，不足深责的。有一次，我特别惊喜。我们在走上铁路之前，走在一块荷塘边上。此时塘里什么都没有，荷叶、苇子和稻子都没有。一片清水像明镜一般展现在眼前，“天光云影共徘徊”，风光极为秀丽。我忽然见（不是看）到离开这二三十里路的千佛山的倒影清晰地印在水中，我大为惊喜。记得刘铁云《老残游记》中曾写到在大明湖看到千佛山的倒影。有人认为荒唐，离开二十多里，怎能在大明湖中看到倒影呢？我也迟疑不决。今天竟于无意中看到了，证明刘铁云观察得细致和准确，我怎能不狂喜呢？

从邮政总局取出了丸善书店寄来的书以后，虽然不过是薄薄的一本，然而内心里却似乎增添了极大的力量。一种语言文字无法传达的幸福之感油然溢满心中。在走回学校的路上，虽然已经步行了二十多里路，却一点也感觉不到疲倦。同来时比较起来，仿佛感到天空更蓝，白云更白，绿水更绿，草色更青，荷花更红，荷叶更圆，蝉声更响亮，鸟鸣更悦耳，连刚才看过的千佛山倒影也显得更清晰，脚下的黄土也都变成了绿茵，踏上去软绵绵的，走路一点也不吃力。这是我第一次用自己省下来的钱买自己心爱的英文书的感觉，七十多年以后的今天，一回忆起来，仍仿佛就在眼前。这种好买书的习惯一直伴随着我，至今丝毫没有减退。

北园高中对我一生的影响，还不仅仅是培养购书的兴趣一项，还有更重要的影响。这种影响是关键性的，夸大一点说是一种质变。

我在许多文章中都写到过，我幼无大志。小学毕业后，我连报考著名的一中的勇气都没有，可见我懦弱、自卑到什么程度。在回忆新育小学和正谊中学的文章中，特别是在第二篇中，我曾写到，当时表面上看起来很忙；但是我并不喜欢念书，只是贪玩。考试时虽然成绩颇佳，距离全班状元道路十分近，可我从来没有产生过当状元的野心，对那玩意儿一点兴趣都没有。钓虾、捉蛤蟆对我的引诱力更大。至于什么学者，我更不沾边儿，我根本不知道天壤间还有学者这一类人物。自己这一辈子究竟想干什么，也从来没有想过。朦朦胧胧地似乎觉得，自己反正是一个上不得台盘的人，一辈子能混上一个小职员当当，也就心满意足了。我常想，自己是有自知之明的，但是自知得过了头，变成了自卑。家里的经济情况始终不算好。叔父对我大概也并不望子成龙，婶母则是希望我尽早能挣钱。正谊中学毕业后，我曾被迫去考邮政局，邮政局当时是在外国人手中，公认是铁饭碗。幸而我没有被录取。否则我就会干一辈子邮政局，完全走另外一条路了。

但是，人的想法是能改变的，有时甚至是一百八十度的改变。我在北园高中就经历了这样的改变，这一次改变，不是由于我参禅打坐顿悟而来的，也不是由于天外飞来的什么神力，而完全是由于一件非常偶然的事件。

北园高中是附设在山东大学之下的。当时山大校长是山东教育厅长王寿彭，是前清倒数第二或第三位状元，是有名的书法家，提倡尊孔读经。我在上面曾介绍过高中的教员，教经学的教员就有两位，可见对读经的重视，我想这与状元公不无关联。这时的山东督军是东北军的张宗昌，绿林出身，绰号狗肉将军，不知道自己有多少兵，不知道自己有多少钱，不知道自己有多少姨太太，以这“三不知”蜚声全国。他虽一字不识，也想附庸风雅。有一次竟在山东大学校本部举行祭孔大典，状元公当然必须陪同。督军和校长一律长袍马褂，威仪俨然。我们附中学生十五六岁的大孩子也奉命参加，大概想对我们进行尊孔的教育吧。可惜对我们这一群不识抬举的顽童来说，无疑是对牛弹琴。我们感兴趣的不是三跪九叩，而是院子里的金线泉。我们围在泉旁，看一条金线从泉底袅袅地向上飘动，觉得十分可爱，久久不想离去。

在第一年级第一学期结束时考试完毕以后，状元公忽然要表彰学生了。大学的情况我不清楚，恐怕同高中差不多。高中表彰的标准是每一班的甲等第一名，平均分数达到或超过 95

分者，可以受到表彰。表彰的办法是得到状元公亲书的一个扇面和一副对联。王寿彭的书法本来就极有名，再加上状元这一个吓人的光环，因此他的墨宝就极具有经济价值和荣誉意义，很不容易得到的。高中共有六个班，当然就有六个甲等第一名；但他们的平均分数都没有达到95分。只有我这个甲等第一名平均分数是97分，超过了标准，因此，我就成了全校中唯一获得状元公墨宝的人，这当然算是极高的荣誉。不知是何方神灵呵护，经过了七十多年，经过了不知道多少世局动荡，这一个扇面竟然保留了下来，一直保留到今天。扇面的全文是：

净几单床月上初，
主人对客似僧庐。
春来预作看花约，
贫去宜求种树书。
隔巷旧游成结托，
十年豪气早销除。
依然不坠风流处，
五亩园开手剪蔬。

录《樊榭山房诗》 丁卯夏五
美林老弟正　王寿彭

至于那一副对联，似尚存在于天壤间。但踪迹虽有，尚未到手。大概当年家中绝粮时，婶母取出来送给了名闻全国的大财主山东章丘旧津孟家，换面粉一袋，孟家是婶母的亲戚。这个踪迹是友人山大蔡德贵教授侦查出来的。我非常感激他；但是，从寄来的对联照片来看，字迹不类王寿彭，而且没有“羡林老弟”这几个字。因此，我有点怀疑。我已经发出了“再探”的请求，将来究竟如何，只有“且看下回分解”了。

王状元这一个扇面和一副对联对我的影响万分巨大，这看似出乎意料，实际上却在意料之中。虚荣心恐怕人人都有一点的，我自问自己的虚荣心不比任何人小。我屡次讲到幼无大志，讲到自卑，这其实就是有虚荣心的一种表现。如果一点虚荣心都没有，哪里还会有什么自卑呢?

这里面有三层意思。第一层意思是，97 分这个平均分数给了我许多启发和暗示。但是，分数与分数之间是不相同的。像历史、地理等的课程，只要不是懒虫或者笨伯，考试前，临时抱一下佛脚，硬背一通，得个高分并不难。但是，像国文和英文这样的课程，必须有长期的积累和勤奋，还须有一定的天资，才能有所成就，得到高分。如果没有基础，临时无论怎样努力，也是无济于事的。我大概是在这方面有比较坚实的基础，非其他五个甲等第一名可比。他们的国文和英文也绝不会太差，否则就考不到第一名。但是，同我相比，恐怕要稍逊一筹。每念及此，心中未免有点沾沾自喜，觉得过去的自卑实在有点莫名其妙，甚至有点可笑了。

第二层意思是，这样的荣誉过去从未得到过，它是来之不易的。现在于无意中得之，就不能让它再丢掉，如果下一学期我考不到甲等第一，我这一张脸往哪里搁呀！这是最原始最简单的虚荣心，然而就是这一点虚荣心，促使我在学习上改弦更张，要认真埋头读书了。就在不到一年前的正谊中学时期，虾和蛤蟆对我的引诱力远远超过书本。眼前的北园，荷塘纵横，并不缺少虾和蛤蟆，然而我却视而不见了。俗话说“浪子回头金不换”，我现在成了回头的浪子、勤奋用功的好学生了。

第三层意思是，我原来的想法是，中学毕业后，当上一个小职员，抢到一只饭碗，浑浑噩噩地，甚至窝窝囊囊地过上一辈子，算了。我只是一条小蛇，从来没有幻想成为一条大龙。这一次表彰却改变了我的想法：自己即使不是一条大龙，也绝不是一条平庸的小蛇，最明显的例证是几年以后我到北京来报考大学的情况。当时北京的大学五花八门，鱼龙混杂，有的从几十个报考者中选一人，而有的则是来者不拒，因为多一个学生就多一份学费。从山东来的几十名学员中大都报考六七个大学，我则信心十足地只报考了北大和清华。这同小学毕业时不敢报考一中，形成了鲜明的对比。好像我变了一个人。

以上三层意思说明了我从自卑到自信，从不认真读书到勤奋学习，一个关键就是虚荣心。是虚荣心作祟呢？还是虚荣心作福？我认为是后者。虚荣心是不应当一概贬低的。王状元表彰学生可能完全是出于偶然性，他万万不会想到，一个被他称为“老弟”的15岁的大孩子，竟由于这个偶然事件而改变为另一个人。我永远不会忘记王寿彭老先生。

北园高中可回忆的东西还有一些，但是最重要的印象、最深的印象上面都已经写到了。因此，我的回忆就写到这里为止。

我在北园白鹤庄的两年，我15岁到16岁，正是英国人称之为teen的年龄，也就是人生最美好的年龄。我的少年，因为不在母亲身边，并不能说是幸福的，但是，我在白鹤庄，却只能说是幸福的。只是“白鹤庄”这个名字，就能引起人们许多美丽的幻影。古人诗“西塞山前白鹭飞”，多么美妙绝伦的情境。我不记得在白鹤庄曾见到白鹭；但是，从整个北园的景色来看，有白鹭飞来是必然会有的。到了现在，我离开北园已经七十多年了，再没有回去过。可是我每每会想到北园，想到我的teen，每一次想到，心头总会油然漾起一股无比温馨、无比幸福的感情，这感情将会伴我终生。

2002年2月24日

**羡林按：**以上一段文字是去年2月写的。到今天还不到一年的时间。前几天，李玉洁和杨锐整理我的破旧东西，突然发现了王状元的这副对联。打开一看，楮墨如新。写的是：

美林老弟雅督

才华舒展临风锦

意气昂藏出岫云

王寿彭

我们都大喜过望。一个 60 岁老状元对一个 16 岁的大孩子的赞誉使我忐忑不安，真仿佛有神灵呵护，才出现了这样一个奇迹。

2003 年 1 月 9 日补记

# 回忆济南高中

1928 年，日寇占领了济南，我被迫停学一年。

1929 年，日军撤走，国民党的军队进城，从此结束了军阀割据混战的局面，基本上由一个军阀统治中国。

北园高中撤销，成立了全山东省唯一的一个高中：山东省立济南高中，全省各县的初中毕业生，想要上进的，必须到这里来，这里是通向大学（主要是北京的）的唯一桥梁。

## 校　舍

山东省立济南高中，坐落在济南西城杆石桥马路上，在路北的一所极大的院落内。原来这里是一个什么衙门，这问题当时我就不清楚，我对它没有什么兴趣。校门前有一个斜坡，要先走一段坡路，然后才能进入大门。大门洞的左侧有一个很大的传达室。进了大门，是一个极大的院子，东西两侧都有许多房子，东边的一间是教员游艺室，里面摆着乒乓球台。从院子西侧再向前走，上几个台阶，就是另一个不大的院子。南侧有房子一排，北侧高台阶上有房子一排，是单身教员住的地方。1934—1935 年，我回母校任国文教员时，曾在其中的一间中住过一年。房子前，台阶下，种着一排木槿花。春天开花时，花光照亮了整个院子。院子西头，有一个大圆门，进门是一座大花园。现在虽已破旧，但树木依然蓊郁，绿满全园。有一个大荷塘，现已干涸，当年全盛时，必然是波光潋滟，荷香四溢。现在学生仍然喜欢到里面去游玩。从这个不大的院子登上台阶向北走，有一个门洞，门洞右侧有一间大房子，曾经是学生宿舍，我曾在里面住过一段时间。出了这个门洞，豁然开朗，全校规模，顿现眼前。到这里来，上面讲的那一个门洞不是唯一的路。进校门直接向前走，走上台阶，是几间极高大的北屋，校长办公室、教务主任办公室、教务处、训导处、庶务处等都在这里。从这里向西走，下了台阶，就是全校规模最大的院子，许多间大教室和学生宿舍都在这里。学生宿舍靠西边，是许多排平房。宿舍的外面是一条上面盖有屋顶的极宽极长的走廊，右面是一大排教室。沿走廊向北走，走到尽头，右面就是山东省立一中。原来这一座极大的房子是为济南省立高中和一中（只有初中）所占用。有几座大楼，两校平分。

校舍总的情况就是这个样子。

# 教员和职员

有一个颇怪的现象，先提出来说一说。在时间顺序中，济南高中是在最后，也就是说，离现在最近，应该回忆得最清晰。可是，事实上，至少对教职员的回忆，却最模糊。其中道理，我至今不解。

高中初创办时，校长姓彭，是南方人，美国留学生，名字忘记了。不久就调山东省教育厅任科长。在现在的“衙门”里，科长是一个小萝卜头。但在当时的教育厅中却是一个大官，因为没有处长，科长直通厅长。接任的是张默生，山东人，大学国文系毕业，曾写过一本书《王大牛传》，传主是原第一师范校长王世栋（祝晨），上面已经提到过。“王大牛”是一个绰号，表示他的形象，又表示他的脾气倔强。他自己非常欣赏，所以采用作书名，不表示轻蔑，而表示尊敬。我不记得，张校长是否也教书。

教务主任是蒋程九先生，山东人，法国留学生，教物理或化学，记不清楚了。我们是高中文科，没有上过他的课。

有一位李清泉先生，法国留学生，教物理，我没有上过他的课。

我记得最详细最清楚的是教国文的老师。总共有四位，一律是上海滩上的作家。当时流行的想法是，只要是作家，就必然能教国文。因此，我觉得，当时对国文这一学科的目的和作用，是并不清楚的。只要能写出好文章，目的就算是达到了。北园高中也有同样的情况，唯一的区别只在于，那里的教员是桐城派的古文作家，学生作文是用文言文。国民党一进城，就仿佛是换了一个世界，文言变为白话文。

我们班第一个国文教员是胡也频先生，从上海来的作家，年纪很轻，个子不高，但浑身充满了活力。上课时不记得他选过什么课文。他经常是在黑板上写上几个大字："现代文艺的使命"。所谓现代文艺，也叫普罗文学，就是无产阶级文学。其使命就是无产阶级革命。市场上流行着几本普罗文学理论的译文，作者叫弗理契，大概是苏联人，原文为俄文，由日译本转译为汉文，佶屈聱牙，难以看懂。原因大概是，日本人本来就没有完全看懂俄文，再由日文转译为汉文，当然就驴唇不对马嘴，被人称之为天书了。估计胡老师在课堂上讲的普罗文学的理论，也不出这几本书。我相信，没有一个学生能听懂的。但这并没有减低我们的热情。我们知道的第一个是革命，第二个是革命，第三个仍然是革命，这就足够了。胡老师把他的夫人丁玲从上海接到济南暂住。丁玲当时正在走红，红得发紫。中学生大都是追星族。见到了丁玲，我们兴奋得难以形容了。但是，国民党当局焉能容忍有人在自己鼻子底下革命，于是下令通缉胡也频。胡老师逃到了上海去，一年多以后就给国民党杀害了。

接替胡先生的是董秋芳先生。董先生，笔名冬芬，北大英文系毕业，译有《争自由的波浪》一书，鲁迅先生作序。他写给鲁迅的一封长信，现保存于《鲁迅全集》中。董老师的教学风格同胡老师完全不同。他不讲什么现代文艺，不讲什么革命，而是老老实实地教书。他选用了日本厨川白村著、鲁迅译的《苦闷的象征》作教材，仔细分析讲授。作文不出题目，而是在黑板上大写四个字“随便写来”，意思就是，你愿意写什么就写什么。有一次，我竟用这四个字为题目写了一篇作文，董老师也没有提出什么意见。

高中国文教员，除了董秋芳先生之外，还有几位。一位是董每戡先生，一位是夏莱蒂，都是从上海来的小有名气的作家。他们的作品，我并没有读过。董每戡在济南一家报纸上办过一个文学副刊。二十多年以后，我在一张报纸上看到了他的消息，他在广州的某一所大学里当了教授。

除了上述几位教员以外，我一个教员的名字都回忆不起来了。按高中的规模至少应该有几十位教员的。起码教英文的教员应该有四五位的，我们这一班也必然有英文教员，这同我的关系至为密切，因为我在全校学生中英文水平是佼佼者，可是我现在无论怎样向记忆里去挖掘，却是连教我们英文的教员都想不起来了。我觉得，这真是一件怪事。

# 我的学习和生活

## 荣誉感继续作美

我在上面回忆北园高中时，曾用过“虚荣心”这个词儿。到现在时间过了不久，我却觉得使用这个词儿，是不准确的，应改为“荣誉感”。

懂汉语的人，只从语感上就能体会出这两个词儿的不同。所谓“虚荣心”是指羡慕高官厚禄，大名盛誉，男人梦想“红袖添香夜读书”，女人梦想白马王子，最后踞坐在万人之上，众人则局蹐自己脚下。走正路达不到，则走歪路，甚至弄虚作假，吹拍并举。这就是虚荣心的表现，害已又害人，没有一点好处。荣誉感则另是一码事。一个人在某一方面做出了成绩，有关人士予以表彰，给以荣誉。这种荣誉不是营求得来的，完全是水到渠成。这同虚荣心有质的不同。我在北园高中受到王状元的表彰，应该属于这一个范畴，使用“虚荣心”这一个词儿，是不恰当的。虚荣心只能作祟，荣誉感才能作美。

我到了杆石桥高中，荣誉感继续作美。念了一年书，考了两个甲等第一。

## 要革命

我在上面已经说到，我在济南高中有两个国文老师，第一个是胡也频先生。他在高中待的时间极短，大概在 1929 年秋天开学后只教了几个月。我从他那里没有学到什么国文的知识，而只学到了一件事，就是要革命，无产阶级革命。他在课堂上只讲普罗文学，也就是无产阶级文学，为了给自己披上一件不太刺激人的外衣，称之为现代文艺。现代文艺的理论也不大讲，重点讲的是它的目的或者使命，说白了，就是要革命。胡老师不但在堂上讲，而且在课外还有行动。他召集了几个学生，想组织一个现代文艺研究会。公然在宿舍外大走廊上摆开桌子，铺上纸，接收会员，引起了极大的轰动，一时聚观者数百人。他还曾同上海某一个出版社联系，准备出版一个刊物，宣传现代文艺。我在组织方面和出版刊物方面都是一个积极分子。我参加了招收会员的工作，并为将要出版的刊物的创刊号写了一篇文章，题目干脆就叫“现代文艺的使命”，内容已经记不清楚，大概不外是革命，革命，革命。也许还有一点理论，也不过是从弗理契书中抄来的连自己都不甚了了的“理论”。不幸（对我来说也许是幸）被国民党当局制止，胡老师逃往上海，群龙无首，烟消云散。否则，倘若这个刊物真正出版成功，我的那一篇论文落到敌人手里，无疑是最好的罪证，我被列入黑名单也说不定。我常自嘲这是一场类似阿Q要革命的悲喜剧，在自己糊里糊涂中就成了“革命家”，遭到迫害。同时，我对胡也频先生这样真正的革命家又从心眼里佩服，他们视国民党若无物，这种革命的气概真可以惊天地，泣鬼神。从战术上来讲，难免幼稚；但是，在革命的过程中，这也是难以避免的，我甚至想说这是必要的。没有这种气概，强大的敌人是打不倒的。

## 上国文课

胡也频先生教的是国文；但是，正如上面所讲的那样，他从来没有认真讲过国文。胡去董来，教学风格大变。董老师认认真真地讲解文艺理论，仔仔细细地修改学生的作文。他为人本分，老实，忠厚，纯诚，不慕荣利，淡泊宁静，在课堂上不说一句闲话，从而受到了学生们的爱戴。至于我自己，从写文言文转到写白话文，按理说，这个转变过程应该带给我极大的困难。然而，实际上我却一点困难都没有。原因并不复杂。从我在一师附小读书起，“五四”新文化运动的大潮，汹涌澎湃，向全国蔓延。“骆驼说话事件”发生以后，我对阅读“五四”初期文坛上各大家的文章，极感兴趣。不能想象，我完全能看懂；但是，不管我手里拿的是笤帚或是扫帚，我总能看懂一些的。再加上我在新育小学时看的那些“闲书”，《彭公案》《济公传》之类，文体用的都是接近白话的。所以由文言转向白话文，我不但一点勉强的意思都没有，而且还颇有一点水到渠成的感觉。

写到这里，我想写几句题外的话。现在的儿童比我们那时幸福多了。书店里不知道有多少专为少年和儿童编著的读物，什么小儿书，什么连环画，什么看图识字，等等，印刷都极精美，插图都极漂亮，同我们当年读的用油光纸石印的《彭公案》一类的“闲书”相比，简直有天渊之别。当年也有带画的“闲书”，叫作绣像什么什么，也只在头几页上印上一些人物像，至于每一页上上图下文的书也是有的，但十分稀少。我觉得，今天的少儿读物图画太多，文字过少，这是过低估量了少儿的吸收能力，不利于他们写文章，不利于他们增强读书能力。这些话看上去似属题外，但仔细一想也实在题内。

我觉得，我由写文言文改写白话文而丝毫没有感到什么不顺手，与我看“闲书”多有关，我不能说，每一部这样的“闲书”文章都很漂亮，都是生花妙笔。但是，一般说起来，文章都是文从字顺，相当流利。而且对文章的结构也十分注意，绝不是头上一榔头，屁股上一棒槌。此外，我读中国的古文，几乎每一篇流传几百年一两千年的文章在结构方面都十分重视。在潜移默化中，在我根本没有意识到的情况下，我无论是写文言文，或是写白话文，都非常注意文章的结构，要层次分明，要有节奏感。对文章的开头与结尾更特别注意。开头如能横空出硬语，自为佳构。但是，貌似平淡也无不可，但要平淡得有意味。让读者读了前几句必须继续读下去。结尾的诀窍是言有尽而意无穷，如食橄榄，余味更美。到了今天，在写了七十多年散文之后，我的这些意见不但没有减退，而且更加坚固，更加清晰。我曾在许多篇文章中主张惨淡经营，反对松松垮垮，反对生造词句。我力劝青年学生，特别是青年作家多读些中国古文和中国过去的小说；如有可能，多读些外国作品，以提高自己的文化修养和审美情趣。我这种对文章结构匀称的追求，特别是对文章节奏感的追求，在我自己还没有完全清楚之前，一语破的点破的是董秋芳老师。在一篇比较长的作文中，董老师在作文簿每一页上端的空白处批上了“一处节奏”“又一处节奏”等等的批语。他敏锐地发现了我作文中的节奏，使我惊喜若狂。自己还没能意识到的东西，竟蒙老师一语点破，能不狂喜吗？这一件事影响了我一生的写作。我的作文，董老师大概非常欣赏，在一篇作文的后面，他在作文簿上写了一段很长的批语，其中有几句话是：“季羡林的作文，同理科一班王联榜的一样，大概是全班之冠，也可以说是全校之冠吧。”这几句话，同王状元的对联和扇面差不多，大大地增强了我的荣誉感。虽然我在高中毕业后在清华学西洋文学，在德国治印度及中亚古代文字，但文学创作始终未停。我觉得，科学研究与文学创作不但没有矛盾，而且可以互济互补，身心两利。所有这一切都同董老师的鼓励是分不开的，我终生不忘。

## 毕业旅行筹款晚会

我在济南高中一年，最重大最棘手的事，莫过毕业旅行筹款晚会的经营组织。

不知道是谁忽然心血来潮，想在毕业后出去旅行一番，这立即得到了全班同学的热烈响应。但是，旅行是需要钱的，我们大多数的家长是不肯也没有能力出这个钱的。于是我们只有一条路可走：自己筹款。那时候还没有像现在这样多的暴发户大款，劝募无门。想筹款只能举办文艺晚会，卖票集资。于是全班选出了一个筹委会，主任一人，是比我大四五岁的一位诸城来的学生，他的名字我不说。为什么不说，我也不说。我也是一个积极分子，在筹委会里担任组织工作。晚会的内容不外是京剧、山东快书、相声、杂耍之类。演员都是我们自己请。我只记得，唱京剧的主要演员是二年级的台镇中同学，剧目是《失空斩》。台镇中京剧唱得确极有味，曾在学校登台演出过，其他节目的演员我就全记不清了。总之，筹备工作进行得顺利而迅速。连入场券都已印好，而且已经送出去了一部分。但是，万事俱备，只欠东风，东风就是校长的批准。张默生校长是一个老实人，活动能力不强，他同教育厅长何思源的关系也并不密切，远远比不上他的前任。他实在无法帮助推销这样多的入场券。但他又不肯给学生们泼冷水，实在是进退两难。只好采用拖的办法，能拖一天，就拖一天。后来我们逐渐看出了这个苗头。我们几经讨论，出于对张校长的同情，我简直想说，出于对他的怜悯，我们决定停止这一场紧锣密鼓的闹剧。我们每个人都空做了一场旅行梦。

以上就是我对济南高中的回忆。虽然只有一年，但是能够回忆能够写出的东西，绝不止上面这一些。可是那些鸡毛蒜皮的小事，写出来了无意义。于是我的回忆就到此为止了。

2002 年 3 月 25 日

# 记北大 1930 年入学考试

1930 年，我高中毕业。当时山东只有一个高中，就是杆石桥山东省立高中，文理都有，毕业生大概有七八十个人。除少数外，大概都要进京赶考的。我之所谓“京”是一个形象的说法，就是指的北京，当时还叫“北平”。山东有一所大学：山东大学，但是名声不显赫，同北京的北大、清华无法并提。所以，绝大部分高中毕业生都进京赶考。

当时北平的大学很多。除了北大、清华以外，我能记得来的还有朝阳大学、中国大学、郁文大学、平民大学、辅仁大学、燕京大学等。还有一些只有校名，没有校址的大学，校名也记不清楚了。

有的同学大概觉得自己底气不足，报了五六个大学的名。报名费每校三元，有几千学生报名，对学校来说是一笔不小的收入。我本来是一个上不得台盘的人，新育小学毕业就没有勇气报考一中。但是，高中一年级时碰巧受到了王寿彭状元的奖励。于是虚荣心起了作用：既然上去，就不能下来！结果三年高中，六次考试，我考了六个第一名。心中不禁“狂”了起来。我到了北平，只报了两个学校：北大与清华。结果两校都录取了我。经过反复的思考，我弃北大而取清华。后来证明我这个判断是正确的。否则我就不会有留德十年。没有留德十年，我以后走的道路会是完全不同的。

那一年的入学考试，北大就在沙滩，清华因为离城太远，借了北大的三院做考场。清华的考试平平常常，没有什么特异之处。北大则极有特色，至今忆念难忘。首先是国文题就令人望而生畏，题目是“何谓科学方法？试分析评论之”。又要“分析”，又要“评论之”，这究竟是考学生什么呢？我哪里懂什么“科学方法”。幸而在高中读过一年逻辑，遂将逻辑的内容拼拼凑凑，写成了一篇答卷，洋洋洒洒，颇有一点神气。北大英文考试也有特点。每年必出一首旧诗词，令考生译成英文。那一年出的是“别来春半，触目愁肠断。砌下落梅如雪乱，拂了一身还满”。所有的科目都考完以后，又忽然临时加试一场英文dictation。一个人在上面念，让考生整个记录下来。这玩意儿我们山东可没有搞。我因为英文单词记得多，整个故事我听得懂，大概是英文《伊索寓言》一类书籍抄来的一个罢。总起来，我都写了下来。仓皇中把 suffer 写成了 safer。

我们山东赶考的书生们经过了这几大灾难，才仿佛井蛙从井中跃出，大开了眼界，了解到了山东中学教育水平是相当低的。

2003 年 9 月 28 日

# 第二辑

# 心怀家国 燃青春

# 清华园日记（节选）

## 日记第一册

我生平一共记过两次日记：这以前是日记的开始，这以后是日记的复活。

我尝想，日记是最具体的生命的痕迹的记录。以后看起来，不但可以在里面找到以前的我的真面目，而且也可以发现我之所以成了现在的我的原因——就因为这点简单的理由，我把以前偶尔冲动而记的日记保持起来，同时后悔为什么不继续下来；我又把日记复活了，希望一直到我非停止记不行的时候。

是的，这些日记实在不成东西，这我比谁都知道得清楚。但是这些日记所占的期间却在我生活史上是再重要没有的了。这以前我不曾记过什么日记，这以后也不曾，却单在这时候来冲动地记了一下，不能不说，是一个奇迹了。在这期间，五三惨案[①]刚过，我精神是受刺戟（激）萎靡到极致了。又失学一年（生平未曾失过学），在家里蹺伏着。同时，使我最不能忘的（永远不能忘的）是我的 H.[②]竟然（经过种种甜蜜的阶段）使我得到 der Schmerz[③] 的真味。我现在想起来仍然心里突突地跳——虽然不成的东西，也终于成了东西了。

一九三二，九，十三，晚九时自记

清华园

以上的这些日记，我始终认为是我生命史中顶有意义的一页。到了无聊到极顶的时候，我便取出来看看，使回忆的丝缕牵住了过去的时光，对我，最少对我，是再痛快没有的事了。

一九三三，五，二八

在清华园

时日兵迫城，校内逃避几空。大考延期，百无聊赖。

室外天色阴沉，雷声殷殷。[④]

---

① 五三惨案：又名济南惨案。1928 年日军侵略军为了阻止国民政府北伐军北上，于 5 月 3 日出兵侵占济南，血腥屠杀中国军民，死伤达万余人。日本侵略军占领济南一年多，1929 年退出。

② H.：作者的夫人彭德华。

③ der Schmerz：痛苦（德文）。

④ 以上为作者后来补记的文字。作者最早开始记日记是在济南读高中期间，这段时期的日记起止于 1928 年 7 月 14 日至 1929 年 1 月 15 日，之后的一段时间，包括作者在清华大学的前两年，日记停记。从 1932 年 8 月 22 日起，作者又重新开始记日记，这是《清华园日记》的开端。前文“以上的这些日记”指的是作者高中期间所记的日记。

## 二十一年八月二十四日（星期三）

寄璧恒公司十元，订购《歌德全集》。

今天究竟又忘了，这种浑浑的脑筋又有什么办法呢？许久没运动了，今天同岷源[①]去体育馆跑了十五圈。从前一跑二十一圈也不怎样吃力，现在只跑十五圈就感到很大的困难，兴念及此，能不悚然！以后还得运动呵！

晚饭后同岷源到校外绕了个圈子。回屋后译完 Robert Lynd 的 *Silence*[②]，译这篇短文已经费了我三四天的工夫了。

今天忽然想到买 William Blake[③] 的诗集，共约一镑十先令，是刊在 Rare books[④]。

晚九点钟后到长之屋闲谈。我总觉到长之 Prejudice[⑤] 极大，从对杨丙辰[⑥]先生的态度看来就很明显了。杨先生是十足的好人，但说他有思想则我不敢相信。

---

① 岷源：王岷源（1912—2000），四川巴县人。1930 年考入清华大学外国语文系，1934 年毕业，清华大学研究院肄业。1938 年入耶鲁大学，先后在该校语言学系及英文系学习研究。1946 年回国在北京大学西语系任教授，直到退休。

② Robert Lynd 的 *Silence*：Robert Lynd，罗伯特・林德（1879—1949），英国记者和随笔作家，长期为报纸杂志写专栏文章。*Silence*，《沉默》。

③ William Blake：威廉姆・布莱克（1757—1827），英国诗人、版画家。

④ Rare books：稀见书目。

⑤ Prejudice：偏见。

⑥ 杨丙辰：河南南阳人。1913 年留学德国，20 世纪 30 年代初为清华大学外国语文系教授。

## 二十一年八月二十七日

今天是孔子的诞日，偶然从长之的谈话里，我才知道的。

近几日来，大概因为吃东西太多太杂，总觉得胸口里仿佛有东西梗着似的。今天尤其利害，弄得一天不舒服，以后吃东西非要小心不可。这几天来总是阴沉沉的，今天过午又忽淋淋地下起雨来。我觉得非常寂寞，因为岷源进了城了。我跑阅报室跑了好几趟。内田发表狂谬的演说，汪精卫、张学良演的戏……都引不起我的兴趣。我对所谓报屁股或社会新闻（尤其是《上海报》，最近我才开始看《上海报》）倒很感兴趣。

早晨仍是读法德文。过午用了一过午的工夫把Don Marquis[①] 的《一个守财奴的自传》的序译完。我译东西，无论多短，很少一气译完的，这还是第一次的。

晚间，躺在床上看《新月》，听窗外淅淋的雨声，风在树里走路声。

最近我老感到过得太慢，我希望日子过得快一点，好早叫我看到 William Blake 的诗。

## 二十一年九月十五日

今天是旧历的八月十五。早晨跑到一院去旁听 Greek，只有一个女生在教室里，我没好意思进去，Ecke 也终于没来。上

① Don Marquis：全名 Donald Robert Perry Marquis，唐纳德·罗伯特·佩里·马奎斯（1878—1937），美国幽默作家、诗人。

drama[①]，王文显[②]只说了两句话，说他大忙，就走了。过午杨丙辰的 Faust 昨天就说不上，我回到屋里一睡，醒了后 Pollard[③] 的 Medieval[④] 已上过了。回来读了点法文，吃了晚饭就到武那里一直谈到九点半。

Herr 王真没出息，眼光如豆，具女人风。

昨天同杨先生上燕大，走了成府，在一个小庙前面看见一条狗，撒完了尿以后，正撅着腚抓土。我想它的意思（或者是遗传下来的习惯）是想把尿埋了，然而它所抓的土量极少，而方向也不对——这也是形式主义了。

今天一天弄得难过，一方面因功课关系，一方面因心情不好。三年德文只有两人选，明年只有我一个人，倘若不能开班，毕不了业，岂不殆哉。

---

① drama：戏剧，指作者的一门课程“近代戏剧”。

② 王文显：王文显（1886—1955），字立山，生于英国。伦敦大学文学士。1915 年回国，曾任中国驻欧洲财政员。后在清华学校任教授、政务长，代理校长。1927 年到美国耶鲁大学戏剧系学习。1928 年后任清华大学外国语文系主任。后去美国定居。

③ Pollard：吴可读，全名 A. L. Pollard-Urquert（1894—1940），英国人。英国牛津大学硕士。1923 年 8 月到清华大学校任英语教授。抗战爆发，随校南迁，先后任长沙临时大学、西南联合大学外国语文系教授，讲授“中世纪文学”和“西洋文学”。1940 年病逝于昆明。时为清华大学外国语文系教授。

④ Medieval：中世纪，指作者的一门课程“中世纪文学”。

## 二十一年九月十九日

阴，一天只是蒙蒙地似断似续地落着雨。早晨只上了一班法文，大部分时间都用在读俄文上。俄文的确真难，兼之没有课本，陈作福字又写得倍儿不清楚，弄得头晕脑浑，仍弄不清楚。过午上俄文，大瞪其眼。

过午大部分时间仍在读俄文。

到图书馆新阅览室看了看，西洋文学系的 assignment[①] 倍儿虎。

我译的《Faust 传说》，听说是今天给登出来，但是没有，真不痛快。抄文坛消息。

## 二十一年九月二十日

仍然是一天阴沉沉的。第一班法文，下了班就读俄文。接着又上班。过午第一堂是俄文，瞪的眼比昨天少。俄文有许多字母同英文一样，但是读法却大不相同。所以我虽然拼上命读，仍然是弄混了，结果一个字也记不住。几天来，头都读晕了，真难。

德文艾克来了，决定用 Keller 的 *Romeo und Julia auf dem Dorfe*[②]。

---

① assignment：指定书目。

② Keller 的 *Romeo und Julia auf dem Dorfe*：凯勒的《乡村的罗密欧与朱莉叶》。Keller，全名 Gottfried Keller，戈特弗里德·凯勒（1819—1890），瑞士德语作家，著有《绿衣亨利》《塞尔特维拉的人们》等。

抄文坛消息，预备明天寄给吴宓。

又下起雨来了。

## 二十一年九月二十六日

晚上朦胧地醒来，外面是潇潇的雨声。对床大千正在拼命咬牙，声吃吃然，初听还听不出是什么声音呢。

本来我星期一只一课，现在七改八改弄得第三年德文也成了今天上，杨丙辰先生 Faust 也今天上，忙起来了。

早起法文完了，就读德文。到书库去了一趟，看见架上的法文书，如 La Fontaine，Flaubert[①]……真是倍儿棒，不禁羡慕之至：弄得一天只是想买善本书。

午饭后仍读德文。

晚上杨先生 Faust 改至下星期上课。到田德望屋。去看 *Homeric Grammar*[②]，我想买一本。我对希腊文本就有很大的趣味，我老以为希腊文学是人的文学，非学希腊文不行。

## 二十一年十月二十九日 星期六

不觉已经记完了一本，我现在愈加感觉到日记的需要，以后大概不会再间断了罢。

---

① La Fontaine，Flaubert：拉方丹、福楼拜。拉方丹（La Fontaine，1621—1695），法国寓言诗人。福楼拜（Flaubert，1821—1880），法国作家。

② *Homeric Grammar*：《荷马语法》。

我今天一天都在想进城，九点钟没走。一点没有，三点又没有，终于没有。主要原因就是我并没什么事，所以便一直迟疑下来。

看 Plautus 的 *Captivi*[①]。

过午看徐霞村的《古国的人们》，是小说，不太坏。不过所得的印象总是头大腚小。

从三点钟起，作 Pearl Buck 的新小说 Sons 的 review[②]——与其说是作不如说是译。Buck 对中国很熟悉，她的丈夫是金陵大学的农科主任，自小说 *The Good Earth*[③] 出名，已成为一个很 popular[④] 的作家了。

晚上仍继续作。

## 二十一年十一月七日

早晨，法文下了课，到图书馆去整理昨天作的 paper。结果费了一早晨的工夫才算整理得有点头绪。

---

① Plautus 的 *Captivi*：普劳图斯的《俘虏》。Plautus，全名 Titus Maccius Plautus，提图斯·马克基乌斯·普劳图斯（约前 254—前 184），古希腊喜剧作家，是罗马文学史上第一个有完整作品传世的作家。《俘虏》，普劳图斯的戏剧之一，描写奴隶冒险救主人，最后共免于难。

② Pearl Buck 的新小说 Sons 的 review：赛珍珠的新小说《儿子们》的评论。赛珍珠（1892—1973），美国女作家，1938 年获诺贝尔文学奖。《儿子们》发表于 1932 年，是赛珍珠三部曲《大地上的房子》的第二部。

③ *The Good Earth*：《大地》，美国女作家赛珍珠《大地上的房子》三部曲的第一部，发表于 1931 年，于 1932 年获普利策奖。

④ popular：受人欢迎。

过午预备德文，清华与三育赛足球，只看十几分钟，因为还有德文。两方踢得都乱七八糟。

图书馆新来杂志不少，《新月》亦来，有胡适《四十自述·我怎样到外国去》。原来他作学生的时候，家境也够他受的。先前我以为他家还很阔哩。

晚读 Maupassant 的 *L'Aventure de Walter Schnaffs*[①]，还不难懂。

今天又到书库里去。我每次去，看见那几部法文书，总羡慕得馋涎欲滴，总觉得个人那点书的渺小。我最近对书仿佛生了极大的爱情（其实以前也这样，不过轻点罢了）。同班中也有几个书迷，见面时，大部分总是谈到书。即如我本学期，买书费占总费用的三分之二强，不能不算多了。

## 二十一年十一月十四日

大风通夜。半夜朦胧中摇窗震屋，杂声齐作。上法文后，读 Phormio 及 Maupassant 的 *Walter Schnaffs*[②]，过午预备 Keller。

晚上听杨丙辰先生讲 Faust。今天讲的是《奉献》（Zueignung[③] 郭译“献诗”），讲得非常好，完全从 Goethe 的 Life 方面来了解这诗。

昨天长之同我谈到，要想出一个刊物，名《创作与批评》，

---

① Maupassant 的 *L'Aventure de Walter Schnaffs*：莫泊桑的《瓦尔特·施奈夫的奇迹》。莫泊桑（1850—1893），法国作家，有“短篇小说巨匠”的美称。

② 此句意为：读《福尔弥昂》及莫泊桑的《瓦尔特·施奈夫的奇迹》。

③ Zueignung：歌德《浮士德》的篇首献诗。

自己出钱，以他、我、张文华为基本。他说中国文学现在缺乏主潮，要在这方面提醒别人。我非常赞成。

最近我才觉到我的兴趣是倾向象征的唯美的方面的。我在德国作家中喜欢 Hölderlin，法国喜欢 Verlaine、Baudelaire[①]，英国 Blake、Keats[②] 以至其他唯美派诗人。不过这些诗人的作品我读的并不是多，我所谓喜欢者大半都是 By Intuition[③]。然而即便，他们的天才总是能觉得到的。

我主张诗要有形式（与其说是形式，不如说有 metre[④]，有 rhyme[⑤]）。以前有一个时期，我曾主张内容重于形式，现在以为是不对的。散文（尤其是抒情的）不要内容吗？中国新诗人只有徐志摩试用 metre。不过这在中国文是非常难的。不过无论难不难，中国诗总应当向这方面走。这是我所以对徐志摩有相当崇拜的，无论别人怎样骂他。我觉得诗之所以动人，一大部分是在它的音乐成分。本来拿文字来 express[⑥] 感情是再笨

① Verlaine、Baudelaire：魏尔兰、波德莱尔。Verlaine，全名 Paul Verlaine，保尔·魏尔兰（1844—1896），法国象征派诗人。Baudelaire，全名 Charles Baudelaire，查尔斯·波德莱尔（1821—1867），法国象征派诗歌的先驱，现代主义的创始人之一，代表作为《恶之花》。

② Blake、Keats：布莱克、济慈。Blake，参见 65 页注③。Keats，全名 John Keats，约翰·济慈（1795—1821），英国浪漫诗人。

③ By Intuition：直觉地。

④ metre：格律。

⑤ rhyme：韵律。

⑥ express：表达。

不过的了。感情是虚无缥缈的，音乐也是虚无缥缈的。感情有natural harmony[①]，音乐也有。所以——最少我以为——音乐表示感情是比文字好的。倘若不用文字，则无所谓诗了，没有办法的办法就是在诗里多加入音乐成分。

## 二十一年十一月二十五日

星期五，早晨仍然只上法文，别人一律大刷，仍然看关于Galsworthy的参考书。

过午上体育，下来仍然看。

因为明天没班了，晚上更放心大胆地看Galsworthy。工作紧张的态度同昨天差不多，头有点痛了。

以上几天的日记，和以下三天的都是二十九日补记的，作这篇Galsworthy，直费了我五整天的工夫，参考书十余本，五天之内读千数页的书，而且又读好几遍，又得写，这还是以往没有的纪录。这几天每天都几乎到下一点睡，早晨醒得又极早，只有Galsworthy盘桓在我脑子里。我觉到这种刺激非常有趣。在近几天以内，我又要开始作Hölderlin呢。

## 二十一年十二月十日

今天一天没课，然而颇加油。

---

① natural harmony：自然和谐。

早晨看 Sons & Lovers 六十页，*The Star of Seville*[①]。

过午看 Keller，看完 *The Star of Seville*。

晚上看 *Sons & Lovers* 四十页。

自从看了林语堂一篇文章，我对教授（尤其是美国留学生）总感到轻蔑。他们穿的是虎皮，皮里是狗是猫，那有谁知道呢？只觉得他们穿的是虎皮而已。有信仰就好说，即便信仰而到了“迷”信，也不打紧，最苦的是对任何事都失了信仰的人。

## 二十一年十二月十七日

今天本来预定看的书极多，然而结果等于零。原因是——

早晨正预备看书，长之拿了一份 *Monde*[②]，上面有 Henter Barbusse[③] 作的一篇论 Zola[④]，叫我翻译，是张文华的《文学周报》上要，Barbusse 左倾，张这周报，据我看也有点左倾，我之答应去译，并不是我喜欢“左”，也并不是我喜欢 Barbusse。实在因为我学一年半法文，还没有译过东西，有这机会来试一试也不坏——所以就答应。然而就有了苦吃——生字多。

过午同辅仁赛篮足球，我还能在屋里安坐吗？站了一过午，结果清华两路人马败北。

---

① *The Star of Seville*：《塞维利亚的明星》。

② *Monde*：《世界》，法文文学刊物。

③ Henter Barbusse：生平不详。

④ Zola：左拉（Emile Zola，1840—1902），法国小说家。

晚上更忙了。民众学校送来电影票，片子是*Shadow*[①]，还能不去吗？去了，结果是失意。乱七八糟，莫名其妙，加入了两个中国人，怪头怪脑。又杂了传教，我从来没有看过这样坏的片子。

## 二十二年三月十八日

星期六没课，颇觉得闲散。

早晨看 Ibsen 的 *Doll's House*[②]，看 Dante，看 Dante 别的倒没觉出来，只觉得味很厚。

昨晚同 Herr 陈谈到李义山，说到他是中国象征诗人。我的趣味是趋于象征的唯美的，所以便把他的全集借了来。

过午看《红楼》。原来看到宝玉宝钗提亲便不忍再看了。我看到林黛玉的孤独，别人的瞒她，总动感情。我这次再接着看是拿看刽子手杀人的决心看下去的。但终于把九十七回——黛玉死——隔了过去。

同长之谈到佛教。

非读书不行。

晚上看《苦闷的象征》。还想作我对于 Hölderlin 的认识。

今天本学期《周刊》第一期出版，有我的一篇译文《代替一篇春歌》。我在《周刊》发表文字，这还第一次。

---

① *Shadow*：《影子》。

② Ibsen 的 *Doll's House*：易卜生的《玩偶之家》。易卜生（Henrik Johan Ibsen，1828—1906），挪威哲学家、诗人。

## 二十二年九月十五日

今天早晨只上了一课。大部分时间都用在抄我以前译的一篇文章——《从玛楼到歌德〈浮士德〉传说之演变》。因为我昨天感到临（时）翻译的困难，又不甘心不给长之一篇文章去登，总还是名心不退，所以只好抄出这篇给他。

又忽然想译一首 Hölderlin 的诗，但是硬干了半天，自己看着，终究不像诗。难道我真的就不能写出或译出一首诗吗？

这几天，读书的雄心颇大，但是却还没有什么效果，自己觉着，似乎还没开始似的。

## 二十二年十一月一日

今天是一个月的第一天，又是初次生炉子的第一天。正在这时候，我换了一本新的日记本，也是一种非常有趣的暗合吧。

因为初次换了新的本子，下笔就有点踌躇了——就让我这样写下去吧：早晨第一点钟读 Hölderlin，其余读 Iliad，晚上作十九世纪文学的 paper。

下午上 German Lyric 的时候，Steinen 给我指定了几本参考书，关于作 Hölderlin 的论文的。他并且借给我了一本 Max Kommerell 的 *Der Dichter als Führer*[①]，其中有讲到 Hölderlin 的一节，据他说是论到 Hölderlin 的顶好的文章。

---

① Max Kommerell 的 *Der Dichter als Führer*：马克斯·科莫雷尔的《作为领袖的诗人》。

近来又感到有点匆忙。其实不但是感到，而且也真的有点匆忙——有许多 reading report 要作，又要考，能不算匆忙吗？在这匆忙里，我却一方面不能安心读我所愿意读的书，一方面也不能写想写的文章了。

## 二十二年十一月六日

今天考 philology。考前一直都在预备，但所讲的那些定律等等，我一点也不了解，只是硬往头里装。我笑着对长之："现在我练习念咒了。"

现在每天总要读点 Hölderlin，除了少数几首外，都感觉不到什么，因多半的趣味都给查生字带走了。在他的早期诗里，我发现一个特点，就是他写的对象，多半都不很具体，很抽象，像 Freundschaft，Liebe，Stille，Unsterblichkeit[①] 等等，这些诗多半都是在 Tübingen[②] 写的，时间是从 1789—1793。我们可以想到他怎样把自己禁闭在"自己"里，去幻想，去作成诗——这也可以算作他自己在幻想里创造了美，再把这美捉住，成了诗的一个证明。

美存在在 imagination[③] 里——忽然想到。

① Freundschaft，Liebe，Stille，Unsterblichkeit：友谊，爱情，寂静，不朽。

② Tübingen：图宾根，德国一城市。

③ imagination：想象。

## 二十三年一月十二日

今天颇痛快——家里的钱寄到了，《黄昏》也抄完了。抄完了一看，自己还颇满意，想把它寄出去，试试它的命运，同时，也就是试试我的命运。

一天没有什么事干，看小说。徐志摩的《轮盘》，太浓艳。郁达夫的《自选集》，简直不成话，内容没内容，文章不成文章。

忽然又想到将来——我同长之谈：我决意努力作一个小品文家。关于研究方面，也想研究外国的小品文，和中国小品文的历史，他极赞成。

## 二十三年二月八日

看《陶庵梦忆》，有几篇写得真好。

我现在对小品文的兴趣极大，明末这两派——公安、竟陵的文章是不能不看的，我还有个野心，想作中国小品文史。

过午又开始干所谓正经功课——看 Cats[①]。

吴宓把中西诗文比较 paper 发还，居然给我 I，真浑天下之大蛋！我的 paper 实在值 I，但有比我还坏的，也竟然拿 E 拿 S。一晚上心里不痛快，我觉得是个侮辱。

① Cats：猫。

## 二十三年三月二日

昨天记日记竟然忘记了。二月只有二十八天，写了二月二十九日。

今天早晨我有个顶不高兴的事——施闳浩什么东西，随便乱翻我的稿纸。我的一九三四年的《新梦》，他竟然毫不知耻地看起来，真正岂有此理！每人都有几句不能对人说的话，他这种刺探人阴私的劣根性竟能支使他作这样的事情！我认为是一种侮辱。

这几天来，不是作 summary，就是作 bibliography[①]，我自己怀疑：为什么自己不能爬出这无聊的漩涡呢？

我对张露薇不能妥协，我对他的批评是：俗，clumsy，不 delicate，没有 taste[②]（你看他的外表，和穿的红的衣裳），胡吹海谤，没有公德心。

## 二十三年三月三十日

杨丙辰先生介绍替中德文化协会翻译一篇文章，“*Roman Philology*”[③]。今天看了一天。翻译的本身并没有什么意义，只不

---

① bibliography：书目。

② clumsy，不 delicate，没有 taste：笨拙，不灵巧，没有品位。

③ “*Roman Philology*”：《罗曼语族语文学》。与后文中的“*Romanische Philologie*”意同。

过借此可以多读点德文，同时也能提起我对德文的兴趣。

晚上开始写一篇散文《老妇人》，这篇自己非常满意，但不知写出来怎样。我想，总不会很坏的，虽然不能像想得那样好。

## 二十三年六月十一日

预备 philology，下午要考。

终于考完了，题目不难。大学生活于此正式告终，心里颇有落寞之感。

原来以为考完了应该很痛快。而今真的考完了，除了心里有点空虚以外，什么感觉也没有。

## 二十三年七月十八日

早晨在图书馆读《梦忆》自序及《西湖七月半》，查《辞源》《康熙字典》，颇为吃力。

过午又按照郑《文学史》把应当选的文章抄了抄，总是个很讨厌的事情。

别人当教习，谈话多为教习事，自己觉得可笑。现在自己来当，脑筋里所想的无一而非教习事，不更滑稽吗？

# 那提心吊胆的一年

这已经是过去的事情了。现在旧事重提，好像是拣起一面古镜。用这一面古镜照一照今天，才更能显出今天的光彩焕发。

二十多年以前，我在大学里学习了四年西方语言文学以后，带着满脑袋的荷马、但丁、莎士比亚和歌德，回到故乡母校高级中学去当国文教员。

当我走进学校大门的时候，我的心情是复杂的。可以说是一则以喜，一则以惧。喜的是我终于抓到了一个饭碗，这简直是绝处逢生；惧的是我比较熟悉的那一套东西现在用不上了，现在要往脑袋里面装屈原、李白和杜甫。

从一开始接洽这个工作，我脑子里就有一个问号：在那找饭碗如登天的时代里，为什么竟有一个饭碗自动地送上门来？我预感到这里面隐藏着什么危险的东西。但是，没有饭碗，就吃不成饭。我抱着铤而走险的心情想试一试再说。到了学校，才逐渐从别人的谈话中了解到，原来是校长想把本校的毕业生组织起来，好在对敌斗争中为他助一臂之力。我是第一届甲班的毕业生，又捞到了一张一个著名的大学的毕业证书；因此就被他看中，邀我来教书。英文教员满了额，就只好让我教国文。

就教国文吧。我反正是瘸子掉在井里，捞起来也是坐。只要有人敢请我，我就敢教。

但是，问题却没有这样简单。我要教三个年级的三个班，备课要顾三头，而且都是古典文学作品。我小时候虽然念过一些《诗经》《楚辞》，但是时间隔了这样久，早已忘得差不多了。现在要教人，自己就要先弄懂。可是，真正弄懂又不是一件轻而易举的事情。现在教国文的同事都是我从前的教员。我本来应该而且可以向他们请教的。但是，根据我的观察，现在我们之间的关系变了：不再是师生，而是饭碗的争夺者。在他们眼中，我几乎是一个眼中钉。即使我问他们，他们也不会告诉我的。我只好一个人单干。我日夜抱着一部《辞源》，加紧备课。有的典故查不到，就成天半夜地绕室彷徨。窗外校园极美，正盛开着木槿花。在暗夜中，阵阵幽香破窗而入。整个宇宙都静了下来，只有我一人还不能宁静。我又仿佛为人所遗弃，很想到什么地方去哭上一场。

我的老师们也并不是全不关心他们的老学生。我第一次上课以前，他们告诉我，先要把学生的名字都看上一遍，学生名字里常常出现一些十分生僻的字，有的话就查一查《康熙字典》。如果第一堂就念不出学生的名字，在学生心目中这个教员就毫无威信，不容易当下去，影响到饭碗。如果临时发现了不认识的字，就不要点这个名。点完后只需问上一声："还有没点到名的吗？"那一个学生一定会举手站起来。然后再问一声："你叫什么名字呀？"他自己一报名，你也就认识了那一个字。如此等等，威信就可以保得十足。

这虽是小小的一招，我却是由衷感激。我教的三个班果然有几个学生的名字连《辞源》上都查不到。如果没有这一招，我的威信恐怕一开始就破了产，连一年教员也当不成了。

可是课堂上也并不总是平静无事。我的学生有的比我还大，从小就在家里念私塾，旧书念得很不少。有一个学生曾对我说："老师，我比你大五岁哩。"说罢嘿嘿一笑，我觉得里面有威胁，有嘲笑。比我大五岁，又有什么办法呢？我这老师反正还要当下去。

当时好像有一种风气：教员一定要无所不知。学生以此要求教员，教员也以此自居。在课堂上，教员决不能承认自己讲错了，决不能有什么问题答不出。否则就将为学生所讥笑。但是像我当时那样刚从外语系毕业的大娃娃教国文怎能完全讲对呢？怎能完全回答同学们提出来的问题呢？有时候，只好王顾左右而言他；被逼得紧了，就硬着头皮，乱说一通。学生究竟相信不相信，我不清楚。反正他们也不是傻子，老师究竟多轻多重，他们心中有数。我自己十分痛苦。下班回到寝室，思前想后，坐立不安。孤苦寂寥之感又突然袭来，我又仿佛为人们所遗弃，想到什么地方去哭上一场。

别的教员怎样呢？他们也许都有自己的烦恼，家家有一本难念的经。但是有几个人却是整天价满面春风，十分愉快。我有时候也从别人嘴里听到一些风言风语，说某某人陪校长太太打麻将了，某某人给校长送礼了，某某人请校长夫妇吃饭了。

我立刻想到自己的饭碗，也想学习他们一下。但是，却来了问题：买礼物，准备酒席，都不是极困难的事情。可是，怎样送给人家呢？怎样请人家呢？如果只说："这是礼物，我要送给你。"或者："我要请你吃饭。"虽然也难免心跳脸红，但我自问还干得了。可是，这显然是不行的，事情并没有这样简单，一定还要要一些花样。这就是我力所不能及的事情了。我在自己屋里，再三考虑，甚至自我表演，暗诵台词。最后，我只有承认，我在这方面缺少天才，只好作罢。我仿佛看到自己手里的饭碗已经有点飘动。我真想到什么地方去哭上一场。

就这样，半年过去了。到了放寒假的时候，一位河南籍的物理教员，因为靠山教育厅的一位科长垮了台，就要被解聘。校长已经托人暗示给他，他虽然没有出路，也只有忍痛辞职。我们校长听了，故意装得大为震惊，三番两次到这位教员屋里去挽留，甚至声泪俱下，最后还表示要与他共进退。我最初只是一位旁观者，站在旁边看校长的表演艺术，欣赏他的表演天才。但是，看来看去，我自己竟糊涂起来，我给校长的真挚态度所感动了。我也自动地变成演员，帮着校长挽留他。那位教员阅历究竟比我深，他不为所动，还是卷了铺盖。因为他知道，连他的继任人选都已经安排好了。

我又长了一番见识，暗暗地责备自己糊涂。同时，我也不寒而栗，将来会不会有一天校长也要同我“共进退”呢?

也就在这时候，校长大概逐渐发现，在我这个人身上，他失了眼力，看错了人。我到了学校以后，虽然也在别人的帮助（毋宁说是牵引）下，把高中毕业同学组织起来，并且被选为什么主席。但是，从那以后，就一点活动也没有。我确实不知道，应该活动一些什么。虽然我绞尽脑汁，办法就是想不出。这样当然就与校长原意相违了。他表面上待我还是客客气气。只是有一次在有意和无意之间他对我说道:“你很安静。”什么叫作“安静”呢? 别人恐怕很难体会这两个字的意思，我却是能体会的。我回到寝室，又绕室彷徨。“安静”两个字给我以大威胁。我的饭碗好像就与这两个字有关。我又仿佛为人所遗弃，想到什么地方去哭上一场。

春天早过，夏天又来，这正是中学教员最紧张的时候。在教员休息室里，经常听到一些窃窃私语:“拿到了没有? ”不用说拿到什么，大家都了解，这指的是下学期的聘书。有的神色自若，微笑不答。这都是有办法的人，与校长关系密切，或者属于校长的基本队伍。只要校长在，他们绝不会丢掉饭碗。有的就神色仓皇，举止失措。这样的人没有靠山，饭碗掌握在别人手里，命定是一年一度紧张。我把自己归入这一类。我的神色如何，自己看不见，但是心情自己是知道的。校长给我下的断语："安静"，我觉得，就已经决定了我的命运。但我还侥幸有万一的幻想，因此在仓皇中还有一点镇静。

但是，这镇静是不可靠的。我心里的滋味实际上同一年前大学将要毕业时差不多。我见了人，不禁也窃窃私语："拿到了没有？"我不喜欢那些神态自若的人。我只愿意接近那些神色仓皇的人。只有对这一些人我才有同病相怜之感。

这时候，校园更加美丽了。木槿花虽还开放，但已经长满了绿油油的大叶子。玫瑰花开得一丛一丛的，池塘里的水浮莲已经开出黄色的花朵。"小园香径独徘徊"，是颇有诗意的。可惜我什么诗意都没有。我耳边只有一个声音："拿到了没有？"我觉得，大地茫茫，就是没有我的容身之处。我又想到什么地方去哭上一场。

这事情已经过去了二十多年。但是，每一回忆起那提心吊胆的情况，就历历如在眼前，我真是永世难忘。现在把它写了出来，算是送给今年毕业同学的一件礼物，送给他们一面镜子。在这里面，可以照见过去与现在，可以照出自己应该走的道路。

1963 年 7 月 21 日

# 在北平的准备工作

我终于在 1935 年 8 月 1 日离开了家。我留下的是一个破败的家，老亲、少妻、年幼子女。这样一个家和我这一群亲人，他们的命运谁也不知道，正如我自己的命运一样。生离死别，古今同悲。江文通说："黯然销魂者，唯别而已矣。"他又说："割慈忍爱，离邦去里，沥泣共诀，抆血相视。"我从前读《别赋》时，只是欣赏它的文采。然而今天自己竟成了赋中人。此情此景实不足为外人道也。

临离家时，我思绪万端。叔父、婶母、德华（妻子），女儿婉如牵着德华的手，才出生几个月的延宗酣睡在母亲怀中，都送我到大门口。娇女、幼子，还不知道什么叫离别，也许还觉得好玩。双亲和德华是完全理解的。我眼里含着泪，硬把大量的眼泪压在肚子里，没有敢再看他们一眼——我相信，他们眼里也一定噙着泪珠，扭头上了洋车，只有大门楼上残砖败瓦的影子在我眼前一闪。

我先乘火车到北平。办理出国手续，只有北平有可能，济南是不行的。到北平以后，我先到沙滩找了一家公寓，赁了一间房子，存放那两只大皮箱。立即赶赴清华园，在工字厅招待所找到了一个床位，同屋的是一位比我高几级的清华老毕业生，他是什么地方保险公司的总经理。夜半联床，娓娓对谈。他再三劝我，到德国后学保险。将来回国，饭碗绝不成问题，也许还是一只金饭碗。这当然很有诱惑力。但却同我的愿望完全相违。我虽向无大志，可是对做官、经商，却绝无兴趣，对发财也无追求。对这位老学长的盛意，我只有心领了。

此时正值暑假，学生几乎都离校回家了。偌大一个清华园，静悄悄的。但是风光却更加旖旎，高树蔽天，浓荫匝地，花开绿丛，蝉鸣高枝；荷塘里的荷花正迎风怒放，西山的紫气依旧幻奇。风光虽美，但是我心中却感到无边的寂寞。仅仅在一年前，当我还是学生的时候，我那众多的小伙伴都还聚在一起，或临风朗读，或月下抒怀。黄昏时漫步荒郊，回校后余兴尚浓，有时候沿荷塘步月，领略荷塘月色的情趣，其乐融融，乐不可支。然而曾几何时，今天却只剩下我一个人又回到水木清华，睹物思人，对月兴叹，人去楼空，宇宙似乎也变得空荡荡的，令人无法忍受了。

我住的工字厅是清华的中心。我的老师吴宓先生的“藤影荷声之馆”就在这里。他已离校，我只能透过玻璃窗子看室中的陈设，不由忆起当年在这里高谈阔论时的情景，心中黯然。

离开这里不远就是那一间临湖大厅，“水木清华”四个大字的匾就挂在后面。这个厅很大，里面摆满了红木家具，气象高雅华贵。平常很少有人来，因此幽静得很。几年前，我有时候同吴组缃、林庚、李长之等几个好友，到这里来闲谈。我们都还年轻，有点不知道天高地厚，说话海阔天空，旁若无人。我们不是粪土当年万户侯，而是挥斥当代文学家。记得茅盾的《子夜》出版时，我们几个人在这里碰头，议论此书。当时意见截然分成两派：一派完全肯定，一派基本否定。大家争吵了个不亦乐乎。我们这种侃大山，一向没有结论，也不需要有结论。各自把自己的话尽量夸大其词地说完，然后再谈别的问题，觉得其乐无穷。今天我一个人来到这间大厅里，睹物思人，又不禁有点伤感了。

在这期间，我有的是空闲。我曾拜见了几位老师。首先是冯友兰先生，据说同德国方面签订合同，就是由于他的斡旋。其次是蒋廷黻先生，据说他在签订合同中也出了力。他恳切劝我说，德国是法西斯国家，在那里一定要谨言慎行，免得惹起麻烦。我感谢师长的叮嘱。我也拜见了闻一多先生。这是我同他第一次见面；不幸的是，也是最后一次见面。等到十一年后我回国时，他早已被国民党反动派暗杀了。他是一位我异常景仰的诗人和学者。当时谈话的内容我已经完全忘记，但是他的形象却永远留在我心中。

有一个晚上，吃过晚饭，孤身无聊，信步走出工字厅，到朱自清先生的《荷塘月色》中所描写的荷塘边上去散步。于时新月当空，万籁无声。明月倒影荷塘中，比天上那一个似乎更加圆明皎洁。在月光下，荷叶和荷花都失去了色彩，变成了灰蒙蒙的一个颜色。但是缕缕荷香直逼鼻官，使我仿佛能看到翠绿的荷叶和红艳的荷花。荷叶丛中闪熠着点点的火花，是早出的萤火虫。小小的火点动荡不定，忽隐忽现，仿佛要同天上和水中的那个大火点，争光比辉。此时，宇宙间仿佛只剩下了我一个人。前面的鹏程万里，异乡漂泊；后面的亲老子幼的家庭，都离开我远远的，远远的，陷入一层薄雾中，望之如蓬莱仙山了。

但是，我到北平来是想办事儿的，不是来做梦的。当时的北平没有外国领馆，办理出国护照的签证，必须到天津去。于是我同乔冠华就联袂乘火车赴天津，到俄、德两个领馆去请求签证。手续绝没有现在这样复杂，领馆的俄、德籍的工作人员，只简简单单地问了几句话，含笑握手，并祝我们一路顺风。我们的出国手续就全部办完，只等出发了。

回到北平以后，几个朋友在北海公园为我饯行，记得有林庚、李长之、王锦第、张露薇等。我们租了两只小船，荡舟于荷花丛中。接天莲叶，映日荷花，在太阳的照射下，红是红，绿是绿，各极其妙。同那天清华园的荷塘月色，完全不同了。我们每个人都兴高采烈，臧否人物，指点时政，意气风发，所向无前，“语不惊人死不休”，我们真仿佛成了主宰沉浮的英雄。玩了整整一天，尽欢而散。

千里凉棚，没有不散的筵席。终于到了应该启程的日子。8 月 31 日，朋友们把我们送到火车站，就是现在的前门老车站。当然又有一番祝福，一番叮嘱。在登上火车的一刹那，我脑海里忽然浮现出一句旧诗："万里投荒第二人。"

# 道路终于找到了

在哥廷根，我要走的道路终于找到了，我指的是梵文的学习。这条道路，我已经走了将近六十年，今后还将走下去，直到不能走路的时候。

这条道路同哥廷根大学是分不开的。因此我在这里要讲讲大学。

我在上面已经对大学介绍了几句，因为，要想介绍哥廷根，就必须介绍大学。我们甚至可以说，哥廷根之所以成为哥廷根，就是因为有这一所大学。这所大学创建于中世纪，至今已有几百年的历史，是欧洲较为古老的大学之一。它共有五个学院：哲学院、理学院、法学院、神学院、医学院。一直没有一座统一的建筑，没有一座统一的大楼。各个学院分布在全城各个角落，研究所更是分散得很，许多大街小巷，都有大学的研究所。学生宿舍更没有大规模的。小部分学生住在各自的学生会中，绝大部分分住在老百姓家中。行政中心叫Aula，楼下是教学和行政部门。楼上是哥廷根科学院。文法学科上课的地方有两个：一个叫大讲堂（Auditorium），一个叫研究班大楼（Seminargebäude）。白天，大街上走的人中有一大部分是到各地上课的男女大学生。熙熙攘攘，煞是热闹。

在历史上，大学出过许多名人。德国最伟大的数学家高斯（Gauss），就是这个大学的教授。在高斯以后，这里还出过许多大数学家。从 19 世纪末起，一直到我去的时候，这里公认是世界数学中心。当时当代最伟大的数学家大卫·希尔伯特（David Hilbert）虽已退休，但还健在。他对中国学生特别友好。我曾在一家书店里遇到过他，他走上前来，跟我打招呼。除了数学以外，理科学科中的物理、化学、天文、气象、地质等，教授阵容都极强大。有几位诺贝尔奖奖金获得者，在这里任教。蜚声全球的化学家 A. 温道斯（Windaus）就是其中之一。

文科教授的阵容，同样也是强大的。在德国文学史和学术史上占有重要地位的格林兄弟，都在哥廷根大学待过。他们的童话流行全世界，在中国也可以说是家喻户晓。他们的大字典，一百多年以后才由许多德国专家编纂完成，成为德国语言研究中的一件大事。

哥廷根大学文理科的情况大体就是这样。

在这样一座面积虽不大但对我这样一个异域青年来说仍然像迷宫一样的大学城里，要想找到有关的机构，找到上课的地方，实际上是并不容易的。如果没有人协助、引路，那就会迷失方向。我三生有幸，找到了这样一个引路人，这就是章用。章用的父亲是鼎鼎大名的“老虎总长”章士钊。外祖父是在朝鲜统兵抗日的吴长庆。母亲是吴弱男，曾做过孙中山的秘书，名字见于钱基博的《现代中国文学史》。总之，他出身于世家大族，书香名门。但却同我在柏林见到的那些“衙内”完全不同，一点纨绔习气也没有。他毋宁说是有点孤高自赏，一身书生气。他家学渊源，对中国古典文献有湛深造诣，能写古文，作旧诗。却偏又喜爱数学，于是来到了哥廷根这个世界数学中心，读博士学位。我到的时候，他已经在这里住了五六年，老母吴弱男陪儿子住在这里。哥廷根中国留学生本来只有三四人。章用脾气孤傲，不同他们来往。我因从小喜好杂学，读过不少的中国古典诗词，对文学、艺术、宗教等有自己的一套看法。乐森玥先生介绍我认识了章用，经过几次短暂的谈话，简直可以说是一见如故，情投意合。他也许认为我同那些言语乏味，面目可憎的中国留学生迥乎不同，所以立即垂青，心心相印。他赠过一首诗：

空谷足音一识君
相期诗伯苦相薰
体裁新旧同尝试
胎息中西沐见闻
胸宿赋才徕物与

气嘘大笔发清芬
千金敝帚孰轻重
后世凭猜定小文

可见他的心情。我也认为，像章用这样的人，在柏林中国饭馆里面是绝对找不到的。所以也很乐于同他亲近。章伯母有一次对我说:“你来了以后，章用简直像变了一个人。他平常是绝对不去拜访人的，现在一到你家，就老是不回来。”我初到哥廷根，陪我奔波全城，到大学教务处，到研究所，到市政府，到医生家里，等等，注册选课，办理手续的，就是章用。他穿着那一身黑色的旧大衣，动摇着瘦削不高的身躯，陪我到处走。此情此景，至今宛然如在眼前。

他带我走熟了哥廷根的路；但我自己要走的道路还没能找到。

我在上面提到，初到哥廷根时，就有意学习古代文字。但这只是一种朦朦胧胧的想法，究竟要学习哪一种古文字，自己并不清楚。在柏林时，汪殿华曾劝我学习希腊文和拉丁文，认为这是当时祖国所需要的。到了哥廷根以后，同章用谈到这个问题，他劝我只读希腊文，如果兼读拉丁文，两年时间来不及。在德国中学里，要读八年拉丁文，六年希腊文。文科中学毕业的学生，个个精通这两种欧洲古典语言，我们中国学生完全无法同他们在这方面竞争。我经过初步考虑，听从了他的意见。第一学期选课，就以希腊文为主。德国大学是绝对自由的。只要中学毕业，就可以愿意入哪个大学，就入哪个，不懂什么叫入学考试。入学以后，愿意入哪个系，就入哪个；愿意改系，随时可改；愿意选多少课，选什么课，悉听尊便；学文科的可以选医学、神学的课；也可以只选一门课，或者选十门、八门。上课时，愿意上就上，不愿意上就走；迟到早退，完全自由。从来没有课堂考试。有的课开课时需要教授签字，这叫开课前的报到（Anmeldung），学生就拿课程登记簿（Studienbuch）请教授签；有的在结束时还需要教授签字，这叫课程结束时的教授签字（Abmeldung）。此时，学生与教授可以说是没有多少关系。有的学生，初入大学时，一学年，或者甚至一学期换一个大学。经过几经转学，二三年以后，选中了自己满意的大学，满意的系科，这时才安定住下，同教授接触，请求参加他的研究班，经过一两个研究班，师生互相了解了，教授认为孺子可教，才给博士论文题目。再经过几年努力写作，教授满意了，就举行论文口试答辩，及格后，就能拿到博士学位。在德国，是教授说了算，什么院长、校长、部长都无权干预教授的决定。如果一个学生不想作论文，绝没有人强迫他。只要自己有钱，他可以十年八年地念下去。这就叫作“永恒的学生”（Ewiger Student），是一种全世界所无的稀有动物。

我就是在这样一种绝对自由的气氛中，在第一学期选了希腊文。另外又杂七杂八地选了许多课，每天上课六小时。我的用意是练习听德文，并不想学习什么东西。

我选课虽然以希腊文为主，但是学习情绪时高时低，始终并不坚定。第一堂课印象就不好。1935 年 12 月 5 日日记中写道：

> 上了课，Rabbow 的声音太低，我简直听不懂。他也不问我，如坐针毡，难过极了。下了课走回家来的时候，痛苦啃着我的心——我在哥廷根做的唯一的美丽的梦，就是学希腊文。然而，照今天的样子看来，学希腊文又成了一种绝大的痛苦。我岂不将要一无所成了吗？

日记中这样动摇的记载还有多处，可见信心之不坚。其间，我还自学了一段时间的拉丁文。最有趣的是，有一次自己居然想学古埃及文。心情之混乱可见一斑。

这都说明，我还没有找到要走的路。

至于梵文，我在国内读书时，就曾动过学习的念头。但当时国内没有人教梵文，所以愿望没有能实现。来到哥廷根，认识了一位学冶金学的中国留学生湖南人龙丕炎（范禹），他主攻科技，不知道为什么却学习过两个学期的梵文。我来到时，他已经不学了，就把自己用的施滕茨勒（Stenzler）著的一本梵文语法送给了我。我同章用也谈过学梵文的问题，他鼓励我学。于是，在我选择道路徘徊踟蹰的混乱中，又增加了一层混乱。幸而这混乱只是暂时的，不久就从混乱的阴霾中流露出来了阳光。12 月 16 日日记中写道：

> 我又想到我终于非读 Sanskrit（梵文）不行。中国文化受印度文化的影响太大了。我要对中印文化关系彻底研究一下，或能有所发明。在德国能把想学的几种文字学好，也就不虚此行了，尤其是 Sanskrit，回国后再想学，不但没有那样的机会，也没有那样的人。

第二天的日记中又写道：

> 我又想到 Sanskrit，我左想右想，觉得非学不行。

1936 年 1 月 2 日的日记中写道：

> 仍然决意读 Sanskrit。自己兴趣之易变，使自己都有点吃惊了。决意读希腊文的时候，自己发誓而且希望，这次不要再变了，而且自己也坚信不会再变了，但终于又变了。我现在仍然发誓而且希望不要再变了。再变下去，会一无所成的。不知道 Sehicksal（命运）可能允许我这次坚定我的信念吗？

我这次的发誓和希望没有落空，命运允许我坚定了我的信念。

我毕生要走的道路终于找到了，我沿着这一条道路一走走了半个多世纪，一直走到现在，而且还要走下去。

哥廷根实际上是学习梵文最理想的地方。除了上面说到的城市幽静，风光旖旎之外，哥廷根大学有悠久的研究梵文和比较语言学的传统。19 世纪上半叶研究《五卷书》的一个转译本《卡里来和迪木乃》的大家、比较文学史学的创建者本发伊（T. Benfey）就曾在这里任教。19 世纪末弗朗茨·基尔霍恩（Franz Kielhorn）在此地任梵文教授。接替他的是海尔曼·奥尔登堡（Hermann Oldenberg）教授。奥尔登堡教授的继任人是读通吐火罗文残卷的大师西克教授。1935 年，西克退休，瓦尔德施密特接掌梵文讲座。这正是我到哥廷根的时候。被印度学者誉为活着的最伟大的梵文家雅可布·瓦克尔纳格尔（Jakob Wackernagel）曾在比较语言学系任教。真可谓梵学天空，群星灿列。再加上大学图书馆，历史极久，规模极大，藏书极富，名声极高，梵文藏书甲德国，据说都是基尔霍恩从印度搜罗到的。这样的条件，在德国当时，是无与伦比的。

我决心既下，1936 年春季开始的那一学期，我选了梵文。4 月 2 日，我到高斯－韦伯楼东方研究所去上第一课。这是一座非常古老的建筑。当年大数学家高斯和大物理学家韦伯（Weber）试验他们发明的电报，就在这座房子里，它因此名扬全球。楼下是埃及学研究室，巴比伦、亚述、阿拉伯文研究室。楼上是斯拉夫语研究室，波斯、土耳其语研究室和梵文研究室。梵文课就在研究室里上。这是瓦尔德施密特教授第一次上课，也是我第一次同他会面。他看起来非常年轻。他是柏林大学梵学大师海因里希·吕德斯（Heinrich Lüders）的学生，是研究新疆出土的梵文佛典残卷的专家，虽然年轻，已经在世界梵文学界颇有名声。可是选梵文课的却只有我一个学生，而且还是外国人。虽然只有一个学生，他仍然认真严肃地讲课，一直讲到四点才下课。这就是我梵文学习的开始。研究所有一个小图书馆，册数不到一万，然而对一个初学者来说，却是应有尽有。最珍贵的是奥尔登堡的那一套上百册的德国和世界各国梵文学者寄给他的论文汇集，分门别类，装订成册，大小不等，语言各异。如果自己去搜集，那是无论如何也不会这样齐全的，因为有的杂志非常冷僻，到大图书馆都不一定能查到。在临街的一面墙上，在镜框里贴着德国梵文学家的照片，有三四十人之多。从中可见德国梵学之盛。这是德国学术界十分值得骄傲的地方。

我从此就天天到这个研究所来。

我从此就找到了我真正想走的道路。

# 吐火罗文的学习

事实上，Sieg后半生的学术生涯主要是与吐火罗文分不开的。他同Prof Siegling，再加上柏林大学印欧语系比较语言学的教授W. Schulze三位学者通力协作，费了二十多年的工夫，才把这一种原来简直被认为是"天书"的文字读通；一直到1931年，一册皇皇巨著《吐火罗文文法》（*Tocharische Grammatik*）才正式出版。十年以前，在1921年，Sieg和Siegling已经合作出版了《吐火罗文残卷》（*Tocharische Sprachreste*）。第一册是原文拉丁字母的转写，第二册是原卷的照相复制（即影印本）。婆罗米字母，不像现在的西方语言那样每个字都是分开来书写的，而是除了一些必须分开来书写的字以外，都是连在一起或黏在一起书写的。如果不懂句子的内容，则根本不知道如何把每个字都分拆开来。1921年，这两位著名的吐火罗文破译者在拉丁字母的转写中已经把一个个的字都分拆开来。这就说明，他们已经基本上懂了原文的内容。我说“基本上”，意思是并不全懂。一直到今天，我们仍然不能全懂，还有很多词的含义不明。

吐火罗文，根据学者的研究，共有两个方言，语法和词汇基本相同，但又有不少的区别。根据残卷出土的地点，学者分之为两种方言，前者称之为吐火罗文A，或焉耆文；后者称之为吐火罗文B，或龟兹文。当年这两个方言就分别流行在焉耆和龟兹这两个地区。上面讲到的Sieg、Siegling和Schulze共同合作写成的书主要是讲吐火罗文A焉耆文，间或涉及B方言。原因是B方言的残卷主要贮存在法国巴黎。Sieg和Siegling并非不通吐火罗文B方言。Sieg也有这方面的著作，只是在最初没有集中全力去研究而已。一直到1952年，世界上第一部研究吐火罗文B方言龟兹文的文法，还是出自一个德国学者之手，这就是哥廷根大学的比较语言学教授W. Krause的《西吐火罗文文法》(*Westtocharische Grammatik*)。“西吐火罗文”就是B方言，是相对于处于东面的A方言焉耆文而言的。我在哥廷根大学时，Krause好像还没有进行吐火罗文的研究。后来不知从什么时候起才开始此项研究，估计仍然是受教于Sieg。Krause双目失明而能从事学术界号称难治的比较语言的研究，也算是一大奇事。Krause简直是一个天才，脑子据说像照相机一样，过耳不忘。上堂讲课，只需事前让人把讲义读上一遍，他就能滔滔不绝地讲上两个钟头，一字不差。他能在一个暑假到北欧三国去度假，学会了三国的语言。

吐火罗文的发现与读通，在世界语言学界，特别是在印欧语系比较语言学界，是一件石破天惊的大事。在中国，王静安先生和陈寅恪先生都曾讲过，有新材料的发现才能有新学问的产生。征之中国是如此，征之世界亦然。吐火罗文的出现，使印欧语系这个大家族增添了一个新成员，而且还不是一般的成员，它给这个大家庭带来了新问题。印欧语系共分为两大支派：西支叫作 centum，东支叫作 satam。按地理条件来看，吐火罗文本应属于东支，但实际上却属于西支。这就给学者们带来了迷惑：怎么来解释这个现象呢？这牵涉民族迁徙的问题，到现在也还没有得到解决。最近在新疆考古发掘，发现了古代印欧人的尸体。这当然也引起了有关学者的关注。

现在来谈我的吐火罗文的学习。

先谈一谈我当时的学习情况。根据我的“学习簿”，我选课的最后一个学期是 1940 年的夏学期。上 Sieg 先生的课，Anmeldung 的日期是这一年的 6 月 25 日，Abmeldung 是在 7 月 27 日。这说明，我的博士论文写完了，而且教授也通过了。按照德国大学的规定，我可以参加口试答辩了。三个系的口试答辩一通过，再把论文正式印刷出来，我就算是哲学博士了。由于当时正在战争中，正式印刷出版这一个必经的手续就简化了，只需用打字机打上几份（当时还没有复印机）交到文学院院长办公室，事情就算完了。因为 Waldschmidt 正在从军，我的口试答辩分两次举行。第一次是两个副系（Nebenfach）：英国语文学和斯拉夫语文学。前者主试人是 Prof Roeder，后者是 Prof Braun。完全出我意料，我拿了两个“优”。到了 1941 年春天，Waldschmidt 教授休假回家，我才又补行口试答辩，加上博士论文，又拿了两个“优”，这倒没有出我意料。我一拿就是四个“优”，算是没给祖国丢人。

我此时已经不用再上课，只是自己看书学习，脑筋里想了几个研究题目，搜集资料，准备写作。战争还正在激烈地进行着，Waldschmidt 还不能回家，Sieg 仍然代理。有一天，他忽然找到了我，说他要教我吐火罗文。世界上第一个权威要亲自教我，按道理说，这实在是千金难买、别人求之不得的好机会。可我听了以后，在惊喜之余，又有点迟疑。我觉得，自己的脑袋容量有限，现在里面已经塞满了不少稀奇古怪的语言文字，好像再也没有空隙可以塞东西了，因此才产生了迟疑。但是，看到 Sieg 老师那种诚挚认真的神色，我真受到了感动，我当即答应了他。老人脸上漾起了一丝微笑，至今栩栩如在眼前，这是我永世难忘的。

正在这个时候，一位比利时的青年学者，赫梯文的专家 Walter Couvreur 来到哥廷根，千里寻师，想跟 Sieg 先生学习吐火罗文。于是 Sieg 便专为两个外国学生开了一门不见于大学课程表上的新课：吐火罗文。上课地点就在印度学研究所。我的“学习簿”上当然也不会登记上这一门课程。我们用的课本就是我在上面提到的 Sieg 和 Siegling 的《吐火罗文残卷》拉丁字母转写本。如果有需要也可对一下吐火罗文残卷的原本的影印本。婆罗米字母老师并不教，全由我们自己去摸索学习。语法当时只有一本，就是那三位德国大师著的那一本厚厚的《吐火罗文文法》。这些就是我们这两个学生的全部“学习资料”。老师对语法只字不讲，一开头就念原文。首先念的是《吐火罗文残卷》中的前几张。我在这里补充说一个情况。吐火罗文残卷在新疆出土时，每一张的一头都有被焚烧的痕迹。焚烧的面积有大有小，但是没有一张是完整的。我后来发现，甚至没有一行是完整的。读这样真正“残”的残卷，其困难概可想见。Sieg 的教法是，先读比较完整的那几张。Sieg 屡屡把这几张称之为 Prachtstücke（漂亮的几张）。这几张的内容大体上是清楚的，个别地方和个别字含义模糊。从一开始，主要就是由老师讲。我们即使想备课，也无从备起。当然，我们学生也绝不轻松，我们要翻文法，学习婆罗米字母。这一部文法绝不是为初学者准备的，简直像是一片原始森林，我们一走进去，立即迷失方向，不辨天日。老师讲过课文以后，我们要跟踪查找文法和词汇表。由于原卷残破，中间空白的地方颇多。老师根据上下文或诗歌的韵律加以补充。这一套办法，在我后来解读吐火罗文 A《弥勒会见记剧本》时，完全使用上了。这是我从 Sieg 老师那里学来的本领之一。这一套看来并不稀奇的本领，在实践中却有极大的用处。没有这一套本领，读残卷是有极大困难的。

我们读那几张 Prachtstücke，读了不久我就发现，这里面讲的故事就是中国大藏经中的《福力太子因缘经》中讲的故事。我将此事告诉了 Sieg 先生，他大喜过望。我曾费了一段时间就这个问题用德文写了一篇相当长的文章，我把我在许多语言中探寻到的同经的异本择其要者译成了德文。Sieg 先生说，这对了解吐火罗文原文有极大的帮助，对我奖誉有加。

我现在已经记不清楚我们开始学习吐火罗文的准确时间，也记不清楚每周的时数。大概每周上课两次，每次两小时。因为不是正课，所以也不受学期的限制。根据我那一本《吐火罗文残卷》中的铅笔的笔记来看，我们除了读那几张 Prachtstücke 之外，还读了大量的其他残卷。当时 Sieg 先生对原文残缺部分建议补充的字，我都有笔记。根据现在的研究水平来看，这些补充基本上都是正确的，由此可见 Sieg 先生造诣之博大精深。我现在也记不清我们学习时间究竟用了多长，反正时间是不会短的。

读完了吐火罗文 A，又接着读吐火罗文 B，也就是龟兹文，或西吐火罗文。关于吐火罗文 B，当时德国还没有现成的资料和著作。因此，Sieg 先生只能选用法国学者的著作。他选用的一本是法国东方学者烈维（Sylvain Lévi）的 *Fragments de Textes Koutchéens*，*Udānavarga*，*Udānastotra*，*Udānālaṁkāra et Karmavibhaṅga*，*publiés et traduits avec une vocabulaire et une introduction sur le "Tokharien"*（《库车（龟兹）文残卷》，包含着 Udānavarga 等四种佛典，有一个词汇表和一篇论“吐火罗文”

的导论），出版时间是 1933 年，巴黎 Imprimerie Nationale。在这里，我要加入一段话。第一，“吐火罗文”这个名称是德国学者、首先是 Sieg 等坚持使用的。法国学者还有一些其他国家的学者是反对的。为此事还引发了一场笔战，Sieg 撰文为此名辩护。第二，德国学者不大瞧得起欧美其他国家的东方学者。在闲谈中，Sieg 也经常流露出轻蔑之意。但他们对英国学者 H. W. Bailey 表示出相当大的敬意，这几乎是唯一的一个例外。在迫不得已的情况下，Sieg 使用了烈维这一本书。学习时，更是我们只听 Sieg 先生一个人讲，因为当时还没有吐火罗文 B 的文法可供参考。Sieg 从这一本书里选了一些章节来念，并没有把全书通读。每次上课时，他总是先指出烈维读婆罗米字母读错的地方，这样的地方还真不算太少。Sieg 老师是一个老实厚道的德国学者，我几乎没有听到他说过别人的坏话，他总是赞美别的学者，独独对于烈维这一本书，他却忍不住经常现出讽刺的微笑。每一次上课总是说：“先改错！”我们先读的是 Udānavarga，后来又读 Karmavibhaṅga。原文旁边有我当时用铅笔写的字迹，时隔半个多世纪，字迹多已漫漶不清，几乎没有法子辨认了。

我在上面已经说过，学习吐火罗文的确切时间已经记不清了。我觉得，确切时间并不是重要问题。我现在也没有时间去仔细翻检我的日记，就让它先模糊一点吧。留在我的回忆中最深刻难忘的情景，是在冬天的课后。冬天日短，黄昏早临，雪满长街，寂无行人。我一个人扶掖着我这位像祖父般的恩师，小心翼翼地踏在雪地上，吱吱有声。我一直把他送到家，看他进了家门，然后再转身回我自己的家。此情此景，时来入梦，是我一生最幸福、最愉快的回忆之一。有此一段回忆，我就觉得此生不虚矣。我离开了德国以后，老人于 20 世纪 50 年代初逝世。由于资料和其他条件的限制，我回国后长期没有能从事吐火罗文的研究。这辜负了恩师的期望，每一念及，辄内疚于心，中夜辗转反侧，难以安睡。幸而到了 80 年代，新疆博物馆的李遇春先生躬自把在新疆新出土的 44 张、88 页用婆罗米字母写成的吐火罗文 A 残卷送到我手里。我大喜过望，赶快把多年尘封的一些吐火罗文的资料和书籍翻了出来，重理旧业，不久就有了结果。我心里感到了很大的安慰，我可以告慰恩师在天之灵了。我心中默祝："我没有辜负了你对我殷切的希望！"然而我此时已经到了耄耋之年，我的人生历程结束有日了。

# 汉学研究所

章用一家走了，1937 年到了，我的交换期满了，是我应该回国的时候了。然而，国内“七七”事变爆发，不久我的家乡山东济南就被日军占领，我断了退路，就同汉学研究所发生了关系。

这个所的历史，我不清楚，我从来也没有想去研究过。汉学虽然也属于东方学的范畴，但并不在高斯－韦伯楼东方研究所内，而是在另外一个地方，在一座大楼里面。楼前有一个大草坪，盖满绿草，有许多株参天的古橡树。整个建筑显得古穆堂皇，颇有一点气派。一进楼门，有极其宽敞高大的过厅，楼梯也是极宽极高，是用木头建成的。这里不见什么人，但是打扫得也是油光锃亮。研究所在二楼，有七八间大房子，一间所长办公室，一间课堂，其余全是藏书室和阅览室。这里藏书之富颇令我吃惊。在这几间大房子里，书架从地板一直高达天花板，全整整齐齐地排满了书，中国书和日本出版的汉籍，占绝大多数，也有几架西文书。里面颇有一些珍贵的古本，我记得有几种明版的小说，即使放在国内图书馆中，也得算作善本书。其中是否有海内孤本，因为我对此道并非行家里手，不敢乱说。这些书是怎样到哥廷根来的，我也没有打听。可能有一些是在中国的传教士带回去的。

所长是古斯塔夫·哈隆（Gustav Haloun）教授，是苏台德人，在感情上与其说他是德国人，毋宁说他是捷克人。他反对法西斯，自是意内事。我到哥廷根后不久，章用就带我来看过哈隆。在过去二年内，我们有一些来往，但不很密切。我交换期满的消息，传到了他的耳朵里，他主动跟我谈这个问题，问我愿意不愿意留下。我已是有家归不得，正愁没有办法。他的建议自然使我喜出望外，于是交换期一满，我立即受命为汉文讲师。原来我到汉学研究所来是做客，现在我也算是这里的主人了。

哈隆教授为人亲切和蔼，比我约长二十岁。我到研究所后，我仍然是梵文研究所的博士生，我仍然天天到高斯－韦伯楼去学习，我的据点仍然在梵文研究所。但是，既然当了讲师，就有授课的任务，授课地点就在汉学研究所内，我到这里来的机会就多了起来，同哈隆和他夫人见面的机会也就多了起来。我们终于成了无话不谈的知心朋友，也可以说是忘年交吧。哈隆虽然不会说中国话，但汉学的基础是十分雄厚的。他对中国古代文献，比如《老子》《庄子》之类，是有很高的造诣的。甲骨文尤其是他的拿手好戏，讲起来头头是道，颇有一些极其精辟的见解。他对古代西域史地钻研很深，他的名作《月氏考》，蜚声国际士林。他非常关心图书室的建设。闻名欧洲的哥廷根大学图书馆，不收藏汉文典籍。所有的汉文书都集中在汉学研究所内。购买汉文书籍的钱好像也由他来支配。我曾经替他写过不少的信，给中国北平琉璃厂和隆福寺的许多旧书店，订购中国古籍。中国古籍也确实源源不断地越过千山万水，寄到研究所内。我曾特别从国内订购虎皮宣，给这些线装书写好书签，贴在上面。结果是整架的蓝封套上都贴上了黄色小条，黄蓝相映，闪出了异样的光芒，给这个研究所增添了无量光彩。

因为哈隆教授在国际汉学界广有名声，他同许多国家的权威汉学家都有来往。又由于哥廷根大学汉学研究所藏书丰富，所以招徕了不少外国汉学家来这里看书。我个人在汉学研究所藏书室里就见到了一些世界知名的汉学家。留给我印象最深的是英国汉学家阿瑟·韦利（Arthur Waley），他以翻译中国古典诗歌蜚声世界。他翻译的唐诗竟然被收入著名的《牛津英国诗选》。这一部《诗选》有点像中国的《唐诗三百首》之类的选本，被选入的诗都是久有定评的不朽名作。韦利翻译的中国唐诗，居然能置身其间，其价值概可想见了，韦利在英国文学界的地位也一清二楚了。

我在这里还见到了德国汉学家奥托·冯·梅兴－黑尔芬

(Otto von Mänchen-Helfen)。他正在研究明朝的制漆工艺。有一天，他拿着一部本所的藏书，让我帮他翻译几段。我忘记了书名，只记得纸张印刷都异常古老，白色的宣纸已经变成了淡黄色，说不定就是明版书。我对制漆工艺毫无通解，勉强帮他翻译了一点，自己也不甚了了。但他却连连点头。他因为钻研已久，精于此道，所以一看就明白了。从那一次见面后，再没有见到他过。后来我在一本英国杂志上见到他的名字。此公大概久已移居新大陆，成了美籍德人了。

可能就在七七事变后一两年内，哈隆有一天突然告诉我了，他要离开德国到英国剑桥大学，去任汉学教授了。他在德国多年郁郁不得志，大学显然也不重视他，我从没有见到他同什么人来往过。他每天一大早同夫人从家中来到研究所。夫人做点针线活，或看点闲书。他则伏案苦读，就这样一直到深夜才携手回家。在寂寞凄清中，夫妇俩相濡以沫，过的几乎是形单影只的生活。看到这情景，我心里充满了同情。临行前，我同田德望在市政府地下餐厅为他饯行。他以极其低沉的声调告诉我们，他在哥廷根这么多年，真正的朋友只有我们两个中国人！泪光在他眼里闪动。我此时似乎非常能理解他的心情。他被迫去国，丢下他惨淡经营的图书室，心里是什么滋味，难道还不值得我一洒同情之泪吗？后来，他从英国来信，约我到英国剑桥大学去任教。我回信应允。可是等到我于1946年回国后，亲老，家贫，子幼。我不忍心再离开他们了。我回信说明了情况，哈隆回信，表示理解。我再没有能见到他。他在好多年以前已经去世，岁数也不会太大。一直到现在，我每想到我这位真正的朋友，心内就悲痛不已。

# 完成学业　尝试回国

精神是苦闷的，形势是严峻的；但是我的学业仍然照常进行。

在我选定的三个系里，学习都算是顺利。主系梵文和巴利文，第一学期，瓦尔德施密特教授讲梵文语法，第二学期就念梵文原著《那罗传》，接着读迦梨陀娑的《云使》等。从第五学期起，就进入真正的 Seminar（讨论班），读中国新疆吐鲁番出土的梵文佛经残卷，这是瓦尔德施密特教授的拿手好戏，他的老师 H. 吕德斯（H. Lüders）和他自己都是这方面的权威。第六学期开始，他同我商量博士论文的题目，最后定为研究《大事》（Mahāvastu）偈陀部分的动词变化。我从此就在上课教课之余，利用一切可利用的时间，啃那厚厚的三大册《大事》。第二次世界大战爆发后不久，我的教授被征从军。已经退休的西克教授，以垂暮之年，出来代替他上课。西克教授真正是诲人不倦，第一次上课他就对我郑重宣布：他要把自己毕生最专长的学问，统统地毫无保留地全部传授给我，一个是《梨俱吠陀》，一个是印度古典语法《大疏》，一个是《十王子传》，最后是吐火罗文，他是读通了吐火罗文的世界大师。就这样，在瓦尔德施密特教授从军期间，我就一方面写论文，一方面跟西克教授上课。学习是顺利的。

一个副系是英国语言学，另一个副系是斯拉夫语言学，我也照常上课，这些课也都是顺利的。

专就博士论文而论，这是学位考试至关重要的一项工作。教授看学生的能力，也主要是通过论文。德国大学对论文要求十分严格，题目一般都不大，但必须有新东西，才能通过。有的中国留学生在德国已经待了六七年，学位始终拿不到，关键就在于论文。章用就是一个例子，一个姓叶的留学生也碰到了相同的命运。我的论文，题目定下来以后，我积极写作，到了1940年，已经基本写好。瓦尔德施密特从军期间，西克也对我加以指导。瓦尔德施密特回家休假，我就把论文送给他看。我自己不会打字，帮我打字的是迈耶（Meyer）家的大女儿伊姆加德（Irmgard），一位非常美丽的女孩子。这一年的秋天，我天天晚上到她家去。因为梵文字母拉丁文转写，符号很多，穿靴戴帽，我必须坐在旁边，才不致出错。9月13日，论文打完。事前已经得到瓦尔德施密特的同意。10月9日，把论文交给文学院长戴希格雷贝尔（Deichgräber）教授。德国规矩，院长安排口试的日期，而院长则由最年轻的正教授来担任。戴希格雷贝尔是希腊文、拉丁文教授，是刚被提升为正教授的。按规矩本应该三个系同时口试。但是瓦尔德施密特正值休假回家，不能久等，英文教授勒德尔（Roeder）却有病住院，在 1940 年 12 月 23 日口试时，只有梵文和斯拉夫语言学，英文以后再补。我这一天的日记是这样写的：

> 早晨五点就醒来。心里只是想到口试，再也睡不着。七点起来，吃过早点，又胡乱看了一阵书，心里极慌。
>
> 九点半到大学办公处去。走在路上，像待决的囚徒。十点多开始口试。Prof. Waldschmidt（瓦尔德施密特教授）先问，只有 Prof. Deichgräber（戴希格雷贝尔教授）坐在旁边。Prof. Braun（布劳恩教授）随后才去。主科进行得异常顺利。但当 Prof. Braun 开始问的时候，他让我预备的全没问到。我心里大慌。他的问题极简单，简直都是常识。但我还不能思维，颇呈慌张之相。
>
> 十二点下来，心里极难过。此时，及格不及格倒不成问题了。

我考试考了一辈子，没想到在这最后一次考试时，自己竟会这样慌张。第二天的日记：

> 心绪极乱。自己的论文不但 Prof. Sieg、Prof. Waldschmidt 认为极好，就连 Prof. Krause 也认为难得，满以为可以做一个很好的考试；但昨天俄文口试实在不佳。我所知道的他全不问，问的全非我所预备的。到现在想起来，心里还极难过。

这可以说是昨天情绪的余波。但是当天晚上：

> 七点前到 Prof. Waldschmidt 家去，他请我过节（羡林按：指圣诞节）。飘着雪花，但不冷。走在路上，心里只是想到昨天考试的结果，我一定要问他一问。一进门，他就向我恭喜，说我的论文是 sehr gut（优），印度学（Indologie）sehr gut，斯拉夫语言也是 sehr gut。这实在出我意料，心里对 Prof. Braun 发生了无穷的感激。
>
> 他的儿子先拉提琴，随后吃饭。吃完把圣诞树上的蜡烛都点上，喝酒，吃点心，胡乱谈一气。十点半回家，心里仍然想到考试的事情。

到了第二年 1941 年 2 月 19 日，勒德尔教授病愈出院，补英文口试，瓦尔德施密特教授也参加了，我又得了一个 sehr gut。连论文加口试，共得了四个 sehr gut。我没有给中国人丢脸，可以告慰我亲爱的祖国，也可以告慰母亲在天之灵了。博士考试一幕就此结束。

至于我的博士论文，当时颇引起了一点轰动。轰动主要来自 Prof. Krause（克劳泽教授）。他是一位蜚声世界的比较语言学家，是一位非凡的人物，自幼双目失明，但有惊人的记忆力，过耳不忘，像照相机那样准确无误。他能掌握几十种古今的语言，北欧几种语言，他都能说。上课前，只需别人给他念一遍讲稿，他就能几乎是一字不差地讲上两个小时。他也跟西克教授学过吐火罗语，他的大著（《西吐火罗语语法》），被公认为能够跟西克、西格灵（Siegling）、舒尔策（Schulze）的吐火罗语语法媲美。他对我的博士论文中关于语尾 -mathe 的一段附录，给予了极高的评价，因为据说在古希腊文中有类似的语尾，这种偶合对研究印欧语系比较语言学有突破性的意义。1941 年 1 月 14 日我的日记中有下列一段话：

Hartmann（哈特曼）去了。他先祝贺我的考试，又说：Prof. Krause 对我的论文赞不绝口，关于 Endung matha（动词语尾 matha）简直可以说是一个重要的发现。他立刻抄了出来，说不定从这里还可以得到有趣的发明。这些话伯恩克（Boehncke）小姐已经告诉过我。我虽然也觉得自己的论文并不坏，但并不以为有什么不得了。这样一来，自己也有点飘飘然起来了。

关于口试和论文，就写这样多。因为这是我留德十年中比较重要的问题，所以写多了。

我为什么非要取得一个博士学位不行呢？其中原因有的同一般人一样，有的则可能迥乎不同。中国近代许多大学者，比如王国维、梁启超、陈寅恪、郭沫若、鲁迅等等，都没有什么博士头衔，但都会在学术史上有地位的。这一点我是知道的。可这些人都是不平凡的天才，博士头衔对他们毫无用处。但我扪心自问，自己并不是这种人，我从不把自己估计过高，我甘愿当一个平凡的人，而一个平凡的人，如果没有金光闪闪的博士头衔，则在抢夺饭碗的搏斗中必然是个失败者。这可以说是动机之一，但是还有之二。我在国内时对某一些趾高气扬不可一世的留学生看不顺眼，窃以为他们也不过在外国炖了几年牛肉，一旦回国，在非留学生面前就摆起谱来了。但自己如果不也是留学生，则一表示不平，就会有人把自己看成一个吃不到葡萄而说葡萄酸的狐狸。我为了不当狐狸，必须出国，而且必须取得博士学位。这个动机，说起来十分可笑，然而却是真实的。多少年来，博士头衔就像一个幻影，飞翔在我的眼前，或近或远，或隐或显。有时候近在眼前，似乎一伸手就可以抓到。有时候又远在天边，可望而不可即。有时候熠熠闪光，有时候又晦暗不明。这使得我时而兴会淋漓，时而又垂头丧气。一个平凡人的心情，就是如此。

现在多年的夙愿终于实现了，我立即又想到自己的国和家。山川信美非吾土，漂泊天涯胡不归。适逢1942年德国政府承认了南京汉奸汪记政府，国民党政府的公使馆被迫撤离，撤到瑞士去。我经过仔细考虑，决定离开德国，先到瑞士去，从那里再设法回国。我的初中同班同学张天麟那时住在柏林，我想去找他，看看有没有办法可想。决心既下，就到我认识的师友家去辞行。大家当然都觉得很惋惜，我心里也充满了离情别绪。最难过的一关是我的女房东。此时男房东已经故去，儿子结了婚，住在另外一个城市里。我是她身边唯一的一个亲人，她是拿我当儿子来看待的。回忆起来她丈夫逝世的那一个深夜，是我跑到大街上去叩门找医生，回家后又伴她守尸的。如今我一旦离开，五间房子里只剩下她孤身一人，冷冷清清，戚戚惨惨，她如何能忍受得了！她一听到我要走的消息，立刻放声痛哭。我一想到相处七年，风雨同舟，一旦诀别，何日再见？也不禁热泪盈眶了。

到了柏林以后，才知道，到瑞士去并不那么容易。即便到了那里，也难以立即回国。看来只能留在德国了。此时战争已经持续了三年。虽然小的轰炸已经有了一些，但真正大规模的猛烈的轰炸还没有开始。在柏林，除了食品短缺外，生活看上去还平平静静；大街上仍然是车水马龙，行人熙攘，脸上看不出什么惊慌的神色。我抽空去拜访了大教育心理学家施普兰格尔（E. Spranger）。又到普鲁士科学院去访问西克灵教授，他同西克教授共同读通了吐火罗文。我读他的书已经有些年头了，只是从未晤面。他看上去非常淳朴老实，木讷寡言。在战争声中仍然伏案苦读，是一个典型的德国学者。就这样，我在柏林住了几天，仍然回到了哥廷根，时间是 1942 年 10 月 30 日。

我一回到家，女房东仿佛凭空拣了一只金凤凰，喜出望外。我也仿佛有游子还家的感觉。回国既已无望，我只好随遇而安，丢掉一切不切实际的幻想，同德国共存亡，同女房东共休戚了。

我又恢复了七年来的刻板单调的生活。每天在家里吃过早点，就到高斯－韦伯楼梵文研究所去，在那里一直工作到中午。午饭照例在外面饭馆子里吃。吃完仍然回到研究所。我现在已经不再是学生，办完了退学手续，专任教员了。我不需要再到处跑着去上课，只是有时到汉学研究所去给德国学生上课。主要精力用在自己读书和写作上。我继续钻研佛教混合梵语，沿着我的博士论文所开辟的道路前进。除了肚子饿和间或有的空袭外，生活极有规律，极为平静。研究所对面就是大学图书馆，我需要的大量的有时甚至极为稀奇古怪的参考书，这里几乎都有，真是一个理想的学习和写作的环境。因此，我的写作成果是极为可观的。在博士后的五年内，我写了几篇相当长的论文，刊登在哥廷根科学院院刊上，自谓每一篇都有新的创见；直到今天，已经过了将近半个世纪，还不断有人引用。这是我毕生学术生活的黄金时期，从那以后再没有过了。

日子虽然过得顺利，平静。但也不能说，一点波折都没有。德国法西斯政府承认了汪伪政府。这就影响到我们中国留学生的居留问题：护照到了期，到哪里去请求延长呢？这个护照算是哪一个国家的使馆签发的呢？这是一个事关重大又亟待解决的问题。我同张维等几个还留在哥廷根的中国留学生，严肃地商议了一下，决意到警察局去宣布自己为无国籍者。这在国际法上是可以允许的。所谓“无国籍者”就是对任何国家都没有任何义务，但同时也不受任何国家的保护。其中是有一点风险的，然而事已至此，只好走这一步了。从此我们就变成了像天空中的飞鸟一样的人，看上去非常自由自在，然而任何人都能伤害它。

事实上，并没有任何人伤害我们。在轰炸和饥饿的交相压迫下，我的日子过得还算是平静的。我每天又机械地走过那些我已经走了七年的街道，我熟悉每一座房子，熟悉每一棵树。

即使闭上眼睛，我也决不会走错了路。但是，一到礼拜天，就来了我难过的日子。我仍然习惯于一大清早就到席勒草坪去，脚步不由自主地向那个方向转。席勒草坪风光如故，面貌未改，仍然是绿树四合，芳草含翠。但是，此时我却是形单影只，当年那几个每周必碰头的中国朋友，都已是天各一方，世事两茫茫了。

我感到凄清与孤独。

第三辑

# 吾心似箭归燕园

# 1946年至1949年

我于1945年秋，在待了整整十年之后，从哥廷根到了瑞士，等候机会回国；在瑞士 Fribourg 住了几个月，于1946年春夏之交，经法国马塞和越南西贡，又经香港，回到祖国。先在上海和南京住了一个夏天和半个秋天。当时解放战争正在激烈进行，津浦铁路中断，我有家难归。当时我已经由恩师陈寅恪先生介绍，北大校长胡适之先生、代理校长傅斯年先生和文学院院长汤锡予（用彤）先生接受，来北大任教。在上海和南京住的时候，我一点收入都没有。我在上海卖了一块从瑞士带回来的自动化的 Omega 金表。这在当时国内是十分珍贵、万分难得的宝物。但因为受了点骗，只卖了十两黄金。我将此钱的一部分换成了法币，寄回济南家中。家中经济早已破产，靠摆小摊，卖炒花生、香烟、最便宜的糖果之类的东西，勉强糊口。对于此事，我内疚于心久矣。只是阻于战火，被困异域。家中盼我归来，如大旱之望云霓。现在终于历尽千辛万苦回来了，我焉能不首先想到家庭！家中的双亲——叔父和婶母，妻、儿正在嗷嗷待哺哩。剩下的金子就供我在南京和上海吃饭之用。住宿，在上海是睡在克家家中的榻榻米上；在南京是睡在长之国立编译馆的办公桌上，白天在台城、玄武湖等处游荡。我出不起旅馆费，我还没有上任，根本拿不到工资。

在这样的情况下，我无书可读，无处可读。我是多么盼望能够有一张哪怕是极其简陋的书桌啊！除了写过几篇短文外，一个夏天，一事无成。一个人的生命是有限的。古人说：“一寸光阴一寸金，寸金难买寸光阴。”我自己常常说，浪费时间，等于自杀。然而，我处在那种环境下，又有什么办法呢？我真成了“坐宫”中的杨四郎。

我于 1946 年深秋从上海乘船北上，先到秦皇岛，再转火车，到了一别十一年的故都北京。从山海关到北京的铁路由美军武装守护，尚能通车。到车站去迎接我们的有阴法鲁教授等老朋友。汽车经过长安街，于时黄昏已过，路灯惨黄，落叶满地，一片凄凉。我想到了唐诗“落叶满长安”，这里的“长安”，指的是“长安城”，今天的“西安”。我的“长安”是北京东西长安街。游子归来，古城依旧，而岁月流逝，青春难再。心中思绪万端，悲喜交集。一转瞬间，却又感到仿佛自己昨天才离开这里。叹人生之无常，嗟命运之渺茫。过去十一年的海外经历，在脑海中层层涌现。我们终于到了北大的红楼。我暂时被安排在这里住下。

按北大当时的规定，国外归来的留学生，不管拿到什么学位，最高只能定为副教授。清华大学没有副教授这个职称，与之相当的是专任讲师。至少要等上几年，看你的教书成绩和学术水平，如够格，即升为正教授。我能进入北大，已感莫大光荣，焉敢再巴蛇吞象有什么非分之想！第二天，我以副教授的身份晋谒汤用彤先生。汤先生是佛学大师。他的那一部巨著《汉魏两晋南北朝佛教史》，集义理、辞章、考据于一体，蜚声宇内，至今仍是此道楷模，无能望其项背者。他的大名我仰之久矣。在我的想象中，他应该是一位面容清癯、身躯瘦长的老者；然而实际上却恰恰相反。他身着灰布长衫，圆口布鞋，面目祥和，严而不威，给我留下了十分深刻的印象。暗想在他领导下工作是一种幸福。过了至多一个星期，他告诉我，学校决定任我为正教授，兼文学院东方语言文学系的系主任。这实在是大大地出我意料。要说不高兴，那是过分矫情；要说自己感到真正够格，那也很难说。我感愧有加，觉得对我是一种鼓励。不管怎样，副教授时期之短，总可以算是一个记录吧。

## 思想斗争

我在这里讲的“思想斗争”，不是后来我们所理解的那一套废话，而是有关我的学术研究的。我曾多次提到，在印度学领域内，我的兴趣主要在印度古代及中世佛典梵文上，特别是在“混合梵文”上。上述我的博士论文以及我在哥廷根写的几篇论文可以为证。然而做这样的工作需要大量的专业的专著和杂志。哥廷根大学图书馆和梵文研究所图书室是具备这个条件的。在哥廷根十年，我写论文用了上千种专著和杂志，只有一次哥廷根缺书而不得不向普鲁士国家图书馆去借，可见其收藏之富。反观我国，虽然典籍之富甲天下，然而，谈到印度学的书刊，则几乎是一片沙漠。这个问题，我在离开欧洲时已经想到了。我的所谓“思想斗争”就是围绕着这个问题而开始萌动的。

我虽少无大志，但一旦由于天赐良机而决心走上学术研究的道路，就像是过河卒子，只能勇往向前，义无反顾。可是我要搞的工作，不是写诗、写小说，只要有灵感就行，我是需要资料的，而在当时来说，只有欧洲有。而我现在又必须回国，顾彼失此，顾此失彼，“我之进退，实为狼狈”。正像哈姆莱特一样，摆在我眼前的是：走呢，还是不走？ That is a question。在激烈的思想斗争之余，想到祖国在灾难中，在空前的灾难中，我又是亲老、家贫、子幼。如果不回去，我就是一个毫无良心的、失掉了人性的人。如果回去，则我的学术前途将付诸东流。最后我想出了一个折中的方案：先接受由 G. Haloun 先生介绍的英国剑桥大学的聘约，等到回国后把家庭问题处理妥善了以后，再返回欧洲，从事我的学术研究。这实在是在万般无奈的情况下想出来的一个办法。

一回到祖国，特别是在 1947 年暑假乘飞机返回已经离开十二年的济南以后，看到了家庭中的真实情况，比我想象的还要严重得多，我立即忍痛决定，不再返回欧洲。我不是一个失掉天良的人，我为人子、为人夫、为人父的责任，必须承担起来。我写信给 Haloun 教授，告诉了他我的决定，他回信表示理解和惋惜。有关欧洲的“思想斗争”，就这样结束了。

然而新的“思想斗争”又随之而起。我既然下定决心，终生从事研究工作，我的处境已如京剧戏言中所说的：“马行在夹道内，难以回马”。研究必有对象，可是我最心爱的对象印度古代混合梵文已经渺如海上三山，可望而不可即了。新的对象在哪里呢？我的兴趣一向驳杂，对好多学问，我都有兴趣。这更增加了选择的困难。只因有了困难，才产生了“思想斗争”。这个掂一掂，那个称一称，久久不能决定。我必须考虑两个条件：一个是不能离开印度，一个是国内现成的资料充足。离开了印度，则我十年所学都成了无用之物。资料不够充足，研究仍会遇到困难。我的考虑或者我的“思想斗争”，都必须围绕着这两个条件转。当时我初到一个新的环境中，对时间的珍惜远远比不上现在。“斗争”没有结果，就暂时先放一放吧。

## 终于找到了出路

当时北大文学院和法学院的办公室都在沙滩红楼后面的北楼。校长办公室则在孑民纪念堂前的东厢房内，西厢房是秘书长办公室。所谓“秘书长”，主要任务同今天的总务长差不多，处理全校的一切行政事务。秘书长以外，还有一位教务长，主管全校的教学工作。没有什么副校长。全校有六个学院：文、理、法、农、工、医。这样庞大的机构，管理人员并不多，不像现在大学范围内有些嘴损的人所说的：校长一走廊，处长一讲堂，科长一操场。我无意宣扬旧时代有多少优点，但是，上面这个事实确实值得我们深思。

北大图书馆就在北楼前面，专门给了我一间研究室。我能够从书库中把我所用的书的一部分提出来，放在我的研究室中。我了解到，这都是出于文学院院长汤锡予先生和图书馆馆长毛子水先生的厚爱。现在我在日本和韩国还能见到这情况，中国的大学，至少是在北大，则是不见了。这样做，对一个教授的研究工作，有极大的方便。汤先生还特别指派了一个研究生马理女士做我的助手，帮我整理书籍。马理是已故北大国文系主任马裕藻教授的女儿、赫赫有名的马珏的妹妹。

北大图书馆藏书甲大学的天下。但是有关我那专门研究范围的书，却如凤毛麟角。全国第一大图书馆北京图书馆，比较起来，稍有优越之处；但是，除了并不完整的巴利文藏经和寥寥几本梵文书外，其他重要的梵文典籍一概不见。燕京大学图书馆是注意收藏东方典籍的。可是这情况是1952年院系调整后才知道的，新中国成立前，我毫无所知。即使燕大收藏印度古代典籍稍多，但是同欧洲和日本的图书馆比较起来，真如小巫见大巫，根本不可能同日而语。

在这样的情况下，我真如虎落平川、龙困沙滩，纵有一身武艺，却无用武之地。我虽对古代印度语言的研究恋恋难舍，却是一筹莫展。我搞了一些翻译工作，翻译了马克思论印度的几篇论文，翻译了德国女作家安娜·西格斯的短篇小说。我还翻译了恩格斯的用英文写成的《英国工人阶级状况》，只完成了一本粗糙的译稿，后来由中共中央马列著作翻译局拿了去整理出版，收入《马克思恩格斯全集》中。这些工作都不是我真正兴趣之所在，不过略示一下我是一个闲不住的人而已。

这远远不能满足我那种闲不住的心情。当时的东方语言文学系，教员不过五人，学生人数更少。如果召开全系大会的话，在我那只有十几平方米的系主任办公室里就绰绰有余。我开了一班梵文，学生只有三人。其余的蒙文、藏文和阿拉伯文，一个学生也没有。我“政务”清闲，天天同一位系秘书在办公室里对面枯坐，既感到极不舒服，又感到百无聊赖。当时文学院中任何形式的会都没有，学校也差不多，有一个教授会，不过给大家提供见面闲聊的机会，一点作用也不起的。

汤用彤先生正开一门新课“魏晋玄学”。我对汤先生的道德文章极为仰慕。他的著作虽已读过，但是，我在清华从未听过他的课，极以为憾。何况魏晋玄学的研究，先生也是海内第一人。课堂就在三楼上，我当然不会放过。于是征求了汤先生的同意，我每堂必到。上课并没有讲义，他用口讲，我用笔记，而且尽量记得详细完整。他讲了一年，我一堂课也没有缺过。汤先生与胡适之先生不同，不是口若悬河的人。但是他讲得细密、周到，丝丝入扣，时有精辟的见解，如石破天惊，令人豁然开朗。我的笔记至今还保存着，只是“只在此室中，书深不知处”了。此外，我因为感到自己中国音韵学的知识欠缺，周祖谟先生适开此课，课堂也在三楼上，我也得到了周先生的同意去旁听。周先生比我年轻几岁，当时可能还不是正教授。别人觉得奇怪，我则处之泰然。一个系主任教授随班听课，北大恐尚未有过，但是，这有什么关系呢？能者为师。在学问上论资排辈，为我所不取。

然而我心中最大的疙瘩还没有解开：旧业搞不成了，我何去何从？在哥廷根大学汉学研究所图书室阅书时，因为觉得有兴趣，曾随手从《大藏经》中，从那一大套笔记丛刊中，抄录了一些有关中印关系史和德国人称之为“比较文学史”（Vergleichende Literaturgeschichte）的资料。当时我还并没有想毕生从事中印关系史和比较文学史的研究工作，虽然在下意识中觉得这件工作也是十分有意义的，非常值得去做的。回国以后，尽管中国图书馆中关于印度和比较文学史的书籍极为匮乏，但是中国典籍则浩瀚无量。倘若研究中印文化关系史和比较文学史，至少中国这一边的资料是取之不尽、用之不竭的，而且这个课题至少还同印度沾边，不致十年负笈，前功尽弃。我反复思考，掂斤播两，觉得这真是一个极为灵妙的主意。虽然我心中始终没有忘记印度古代语言的研究，但目前也只能顺应时势，有多大碗吃多少饭了。

我终于找到了出路。

# 我和北大图书馆

我对北大图书馆有一种特殊的感情，这种感情潜伏在我的内心深处，从来没有明确地意识到过。最近图书馆的领导同志要我写一篇讲图书馆的文章，我连考虑都没有，立即一口答应。但我立刻感到有点吃惊。我现在事情还是非常多的，抽点时间，并非易事。为什么竟立即答应下来了呢？如果不是心中早就蕴藏着这样一种感情的话，能出现这种情况吗？

山有根，水有源，我这种感情的根源由来已久了。

1946 年，我从欧洲回国。去国将近十一年，在落叶满长安（长安街也）的深秋季节，又回到了北京，在北大工作，内心感情的波动是难以形容的。既兴奋，又寂寞；既愉快，又惆怅。然而我立刻就到了一个可以安身立命的地方，这就是北大图书馆。当时我单身住在红楼，我的办公室（东语系办公室）是在灰楼。图书馆就介乎其中。承当时图书馆的领导特别垂青，在图书馆里给了我一间研究室，在楼下左侧。窗外是到灰楼去的必由之路。经常有人走过，不能说是很清静。但是在图书馆这一面，却是清静异常。我的研究室左右，也都是教授研究室，当然室各有主，但是颇少见人来。所以走廊里静如古寺，真是念书写作的好地方。我能在奔波数万里扰攘十几年，有时梦想得到一张一尺见方的书桌而渺不可得的情况下，居然有了一间窗明几净的研究室，简直如坐天堂，如享天福了。当时我真想咬一下自己的手，看一看自己是否是做梦。

研究室的真正要害还不在窗明几净——当然，这也是必要的——而在有没有足够的书。在这一点上，我也得到了意外的满足。图书馆的领导允许我从书库里提一部分必要的书，放在我的研究室里，供随时查用。我当时是东语系的主任，虽然系非常小，没有多少学生；但是，麻雀虽小，五脏俱全，仍然有一些会要开，一些公要办，所以也并不太闲。可是我一有机会，就遁入我的研究室去，“躲进小楼成一统”，这地方是我的天下。我一进屋，就能进入角色，潜心默读，坐拥书城，其乐实在是不足为外人道也。我回国以后，由于资料缺乏，在国外时的研究工作，无法进行，只能有多大碗，吃多少饭，找一些可以发挥自己的长处而又有利于国计民生的题目，来进行研究。北大图书馆藏书甲全国大学。我需要的资料基本上能找得到。因此还能够写出一些东西来。如果换一个地方，我必如车辙中的鲋鱼那样，什么书也看不到，什么文章也写不出，不但学业上不能进步，长此以往，必将索我于鲍鱼之肆了。

作为全国最高学府的北京大学，我们有悠久的爱国主义的革命历史传统，有实事求是的学术传统，这些都是难能可贵的。但是，我认为，一个第一流的大学，必须有第一流的设备、第一流的图书、第一流的教师、第一流的学者和第一流的管理。五个第一流，缺一不可。我们北大可以说是具备这五个第一流的。因此，我们有充分的基础，可以来弘扬祖国的优秀文化，为我国四化建设培养德才兼备的人才，对外为祖国争光，对内为人民立功，仰不愧于天，俯不怍于地，充满信心地走向光辉的未来。在这五个第一流中，第一流的图书更显得特别突出。北大图书馆是全国大学图书馆的翘楚。这是世人之公言，非我一个之私言。我们为此应该感到骄傲，感到幸福。

但是，我们全校师生员工却不能躺在这个骄傲上、这个幸福上睡大觉。我们必须努力学习，努力工作，像爱护自己的眼球一样，爱护北大，爱护北大的一草一木、一山一石，爱护我们的图书馆。我们图书馆的藏书盈架充栋，然而我们应该知道，一部一册来之不易，一页一张得之维艰。我们全体北大人必须十分珍惜爱护。这样我们的图书馆才能有长久的生命，我们的骄傲与幸福才有坚实的基础。愿与全校同仁共勉之。

1991 年 11 月 6 日

# 谈翻译

题目虽然是“谈翻译”，但并不想在这里谈翻译原理，说什么信达雅。只是自己十几年来看了无数的翻译，有从古代文字译出来的，有从近代文字译出来的，种类很复杂，看了就不免有许多杂感。但因为自己对翻译没有多大兴趣，并不想创造一个理论，无论“软译”或“硬译”，也不想写什么翻译学入门，所以这些杂感终于只是杂感堆在脑子里。现在偶有所感，想把它们写出来。因为没有适当的标题，就叫作《谈翻译》。

题目虽然有了，但杂感仍然只是杂感。我不想而且也不能把这些杂感归纳到一个系统里面去。以下就分两方面来谈。

## 一、论重译

世界上的语言非常多，无论谁也不能尽通全世界的语言。

连专门研究比较语言学的学者顶多也不过懂几十种语言。一般人大概只能懂一种，文盲当然又除外。在这种情况下，我们就非要翻译不行。

但我们不要忘记，翻译只是无可奈何中的一个补救办法。《晏子春秋·内篇》说："橘生淮南则为橘，生于淮北则为枳，叶徒相似，其实味不同。所以然者何？水土异也。"橘移到淮北，叶还能相似。一篇文章，尤其是文学作品，倘若译成另外一种文字，连叶也不能相似，当然更谈不到味了。

譬如说，我们都读过《红楼梦》。我想没有一个人不惊叹里面描绘的细腻和韵味的深远的。倘若我们现在再来读英文译本，无论英文程度多么好，没有人会不摇头的。因为这里面只是把故事用另外一种文字重述了一遍，至于原文字里行间的意味却一点影都没有了。这就是所谓"其实味不同"。

但在中国却竟有许多人把移到淮北化成枳了果子又变味的橘树再移远一次。可惜晏子没有告诉我们，这棵树又化成什么。其实我们稍用点幻想力就可以想象到它会变成多么离奇古怪的东西。倘我们再读过中国重译的书而又把原文拿来校对过的话，那么很好的例子就在眼前，连幻想也用不着了。

十几年前，当我还在中学里的时候，当时最流行的是许多从俄文译出来的文艺理论的书籍，像蒲力汗诺夫（普列汉诺夫）的艺术论，卢那卡尔斯基的什么什么之类。这些书出现不久，就有人称之曰天书，因为普通凡人们看了就如丈二和尚摸不着头脑。我自己当时也对这些书籍感到莫大的狂热。有很长的时间，几乎天天都在拼命念这些书。意义似乎明白，又似乎不明白。念一句就像念西藏喇嘛的番咒。用铅笔记出哪是主词，哪是动词，哪是副词，开头似乎还有径可循，但愈来愈糊涂，一个长到两三行充满了“底”“地”“的”的句子念到一半的时候，已经如坠入在云里雾中，再也难挣扎出来了。因而就很失眠过几次。译者虽然再三声明，希望读者硬着头皮看下去，据说里面还有好东西，但我宁愿空看一次宝山，再没有勇气进去了。而且我还怀疑译者自己也不明白，除非他是一个超人。这些天书为什么这样难明白呢？原因很简单，这些书，无论译者写明白不写明白，反正都是从日文译出来的，而日本译者对俄文原文也似乎没有看懂。

写到这里，也许有人抗议，认为我是无的放矢；因为这样的书究竟不多，在书店我们只找到很少几本书是写明重译的。其余大多数的译本，无论从希腊文拉丁文和其他中国很少有人会的文字译出来的，都只写原著者和译者的名字。为什么我竟会说中国有许多人在转译呢？这原因很复杂。我以前认识一个人，我确切知道他一个俄文字母也不能念，但他从俄文译出来的文艺作品却是汗牛又充栋。诸位只要去问一问这位专家，就保险可以探得其中的奥秘了。

像这样的人又是滔滔者天下皆是。我现在只再举一个例。一位上海的大学者，以译俄国社会科学的书籍出了大名，他对无论谁都说他是从俄文原文直接译出来的。但认识他的人却说，他把俄文原本摆在书桌上，抽屉里面却放了日译本。这样他工作的时候当然是低头的时候多而抬头的时候少，也许根本就不抬头。倘若有人访他，却只看到桌上摆的俄文原本而震惊于这位大学者的语言天才了。

我们现在并不想拆穿这些大学者们的真相，这种人也有权利生活的。我们只是反对一切的重译本，无论写明的也好，不写明的也好。把原文摆在桌子上把日译本放在抽屉里，我们也仍然是反对。科学和哲学的著作不得已时当然可以重译，但文艺作品则万万不能。也许有人要说，我们在中国普通只能学到英文或日文，从英文或日文转译，也未始不是一个办法。是的，这是一个办法，我承认。但这只是一个懒人的办法。倘若对一个外国的诗人戏剧家或小说家真有兴趣的话，就应该有勇气去学他那一国的语言。倘若连这一点勇气都没有，就应该自己知趣走开，到应该去的地方去。不要在这里越俎代庖，鱼目混珠。我们只要有勇气的人！

## 二、著者和译者

著者和译者究竟谁用的力量多呢？不用思索就可以回答，当然是著者。所以在欧洲有许多译本封面上只写著者的姓名，译者的姓名只用很小的字印在反面，费许多力量才能发现。在杂志上题目的下面往往也只看到著者的姓名，译者的姓名写在文章的后面，读者念完文章才能看到。他们的意思也不过表示译者和著者不敢抗衡而已。

在中国却又不然。我看到过很多的书，封面上只印着译者的姓名，两个或三个大金字据傲地站在那里，这几个字的光辉也许太大了，著者的姓名只好逃到书里面一个角落里去躲避。在杂志的封面上或里面的目录有时我们只能找到译者的姓名，甚至在本文的上面也只印着译者的姓名，著者就只能在本文后面一个括弧里找到一块安身立命的地方。从心理上来看，这是一个很有趣的现象。译者就害怕读者只注意著者的姓名。但又没有勇气把著者一笔抹煞，好在文章既然到了他手里，原著者已经没有权利说话，只好任他处置，他也就毫不客气把著者拼命往阴影里挤了。我不是心理学家，但我能猜想到，变态心理学家一定在他们的书里替这些人保留一块很大的地盘的。

我还看到几个比较客气一点的译者，他们居然肯让著者的姓名同他们自己的列在一块。但也总觉得心有所不甘，于是就把自己的姓名用大号字排印，著者的姓名用小号字，让读者一看就有大小偏正之感，方法也颇显明。我立刻想到德国大选时希特勒的作风。现在被谥为希魔的德国独裁者当时正兴高采烈，在各个城市里大街小巷的墙壁上都贴满了放大了的选举票的式样。上面写了他自己和戈林、戈培尔、赫斯、福利克的名字，下面印了两个圈，一个很大，一个很小，像是太阳和地球。年纪大一点的或眼睛近视的无论如何也不会看到那小圈。这当然有它的作用，因为赞成希特勒的人要在大圈里画一个记号，小圈却是为反对他的人预备的。结果希特勒果然成了功，百分之九十八的德国人都选举了他。我总怀疑有些人根本没看到那小圈，既然每个人都必须画一个记号，他们只好拿起笔来向大圈里一抹了。我们中国这些客气的译者的心理同希特勒大概差不多，这真可以说是东西映辉，各有千秋。至于他们究竟像不像希特勒那样成功呢？这我可就有点儿说不上来了。

我前面说过，有的译者没有勇气把著者一笔抹煞。但这里正像别处也并不缺少有勇气的人。有一位姓丁双名福保的大学者"著"了一部几十册厚的佛学字典。我们一看就知道这里面有问题，因为这种工作需要多年的搜集和研究。我们从来没听说中国有这样一位专家，现在却凭空掉出了这样一部大著，不由人不怀疑。书的序里提到日本织田得能的佛教大词典，我们拿来一对，才知道原来就是这部书的翻译。但丁先生却绝对否认是"译"，只承认是"著"，因为他添了些新东西进去。我又有点糊涂起来。译一部几百万字的大著只要增加十个字八个字的新材料就可以把这部书据为己有，恐怕世界上每个人都要来译书了。但丁先生的大"著"并非毫无可取，里面插入许多丁先生的玉照，例如研究生理时代之丁福保，研究医学时代之丁福保，也颇琳琅满目。丁先生的尊容也还过得去，虽然比畹华博士还差一筹。但我终于恍然大悟。以前有的人想把自己的玉照登在报纸上，但苦于没有机会，只好给兜安氏大药房写信，当然附上玉照，信里说吃了某某药，自己的某某病已经好了，特此致谢。于是隔了不久，自己的尊容就可以同名人一样出现在报纸上，虽然地方不大对，也顾不了那样许多了。现在丁先生又发明了一个方法，使以后想出名的人再也不必冒充自己有梅毒或瘾君子写信给大药房了。真是功德莫大。我们能不佩服丁先生的发明能力么?

另外还有一位更有勇气的人，当然也是一位学者。他译了几篇日本人著的关于鲜卑和匈奴的论文，写上自己的名字发表了。后来有人查出原文来去信质问，他才声明因时间仓促把作者的名字忘掉了。这当然理由充足，因为倘若在别人和自己的名字中间非忘掉一个不行的话，当然会忘掉别人的，谁不爱自己的名字呢?

我上面只是随便举出两个例子。像这样的有勇气的人，在我们中真是俯拾即是，比雨后的春笋还要多。只是在我们国内要这一套，关系还不太大，因为好多人都是彼此彼此，心照不宣，但偶尔让外国学者知道了，就不免替我们丢人。我上面说的丁福保的字典，一位现在剑桥大学任教授的德国汉学家就同日文原文对照过，他把结果告诉了我，弄得我面红耳赤半天说不上话来。在外国这是法律问题。倘若一个人在自己的博士论文里偷了人家的东西而不声明，以后发现了，立刻取消博士头衔。我希望中国的法律也会来制裁这一群英雄!

1946 年 11 月 14 日

# 我和外国文学

要想谈我和外国文学，简直像“一部十七史，不知从何处谈起”。

我从小学时期起开始学习英文，年龄大概只有十岁吧。当时我还不大懂什么是文学，只朦朦胧胧地觉得外国文很好玩而已。记得当时学英文是课余的，时间是在晚上。现在留在我的记忆里的只是在夜课后，在黑暗中，走过一片种满了芍药花的花畦，紫色的芍药花同绿色的叶子化成了一个颜色，清香似乎扑入鼻官。从那以后，在几十年的漫长的岁月中，学习英文总同美丽的芍药花联在一起，成为美丽的回忆。

到了初中，英文继续学习。学校环境异常优美，紧靠大明湖，一条清溪流经校舍。到了夏天，杨柳参天，蝉声满园。后面又是百亩苇绿，十里荷香，简直是人间仙境。我们的英文教员水平很高，我们写的作文，他很少改动，而是一笔勾销，自己重写一遍。用力之勤，可以想见。从那以后，我学习英文又同美丽的校园和一位古怪的老师联在一起，也算是美丽的回忆吧。

到了高中，自己已经十五六岁了，仍然继续学英文，又开始学了点德文。到了此时，才开始对外国文学发生兴趣。但是这个启发不是来自英文教员，而是来自国文教员。高中前两年，我上的是山东大学附设高中。国文教员王崑玉先生是桐城派古文作家，自己有文集。后来到山东大学做了讲师。我们学生写作文，当然都用文言文，而且尽量模仿桐城派的调子。不知怎么一来，我的作文竟受到他的垂青。什么“亦简劲，亦畅达”之类的评语常常见到，这对于我是极大的鼓励。高中最后一年，我上的是山东济南省立高中。经过了五卅惨案，学校地址变了，空气也变了，国文老师换成了董秋芳（冬芬）、夏莱蒂、胡也频等等，都是有名的作家。胡也频先生只教了几个月，就被国民党通缉，逃到上海，不久就壮烈牺牲。以后是董秋芳先生教我们。他是北大英文系毕业，曾翻译过一本短篇小说集《争自由的波浪》，鲁迅写了序言。他同鲁迅通过信，通信全文都收在《鲁迅全集》中。他虽然教国文，却是外国文学出身，在教学中自然会讲到外国文学的。我此时写作文都改用白话，不知怎么一来，我的作文又受到董老师的垂青。他对我大加赞誉，在一次作文的评语中，他写道，我同另一个同级王峻岭（后来入北大数学系）是全班、全校之冠。这对一个十七八岁的青年来说，更是极大的鼓励。从那以后，虽然我思想还有过波动，也只能算是小插曲。我学习文学，其中当然也有外国文学的决心，就算是确定下来了。

在这时期，我曾从日本东京丸善书店订购过几本外国文学的书。其中一本是英国作者吉卜林的短篇小说。我曾着手翻译过其中的一篇，似乎没有译完。当时一本洋书值几块大洋，够我一个月的饭钱。我节衣缩食，存下几块钱，写信到日本去订书，书到了，又要跋涉十几里路到商埠去“代金引换”。看到新书，有如贾宝玉得到通灵宝玉，心中的愉快，无法形容。总之，我的兴趣已经确定，这也就确定了我以后学习和研究的方向。

考上清华以后，在选择系科的时候，不知是由于什么原因，我曾经一阵心血来潮，想改学数学或者经济。要知道我高中读的是文科，几乎没有学过数学。入学考试数学分数不到十分。这样的成绩想学数学岂非滑天下之大稽！愿望当然落空。一度冲动之后，我的心情立即平静下来：还是老老实实，安分守己，学外国文学吧。

清华大学西洋文学系，实际上是以英国文学为主，教授，不管是哪一国人，都用英语讲授。但是又有一个古怪的规定：学习英、德、法三种语言中任何一种，从一年级学到四年级，就叫什么语的专门化。德文和法文从字母学起，而大一的英文一上来就念 J. 奥斯丁的《傲慢与偏见》，可见英文的专门化同法文和德文的专门化，完全是不可同日而语的。四年的课程有文艺复兴文学、中世纪文学、现代长篇小说、莎士比亚、欧洲文学史、中西诗之比较、英国浪漫诗人、中古英文、文学批评等等。教大一英文的是叶公超，后来当了国民党的“外交部长”。教大二的是毕莲（Miss Bille），教现代长篇小说的是吴可读（英国人），教东西诗之比较的是吴宓，教中世纪文学的是吴可读，教文艺复兴文学的是温特（Winter），教欧洲文学史的是翟孟生（Jameson），教法文的是 Holland 小姐，教德文的是杨丙辰、艾克（Ecke）、石坦安（Von den Steinen）。这些外国教授的水平都不怎么样，看来都不是正途出身，有点野狐谈禅的味道。费了四年的时间，收获甚微。我还选了一些其他的课，像朱光潜的文艺心理学，陈寅恪的佛经翻译文学，朱自清的陶渊明诗等等，也曾旁听过郑振铎和谢冰心的课。这些课程水平都高，至今让我忆念难忘的还是这一些课程，而不是上面提到的那一些“正课”。

从上面的选课中可以看出，我在清华大学四年，兴趣是相当广的，语言、文学、历史、宗教几乎都涉及了。我是德文专门化的学生，从大一德文，一直念到大四德文，最后写论文还是用英文，题目是 *The Early Poems of Hölderlin*，指导教师是艾克。内容已经记不清楚，大概水平是不高的。在这期间，除了写作散文以外，我还翻译了德莱塞的《旧世纪还在新的时候》，屠格涅夫的《玫瑰是多么美丽，多么新鲜呵……》，史密斯（Smith）的《蔷薇》，杰克逊（H. Jackson）的《代替一篇春歌》，马奎斯（D. Marquis）的《守财奴自传序》，索洛古勃

（Sologub）的一些作品，荷尔德林的一些诗，其中《玫瑰是多么美丽，多么新鲜呵……》《代替一篇春歌》《蔷薇》等几篇发表了，其余的大概都没有刊出，连稿子现在都没有了。

此时我的兴趣集中在西方的所谓“纯诗”上。但是也有分歧。纯诗主张废弃韵律，我则主张诗歌必须有韵律，否则叫任何什么名称都行，只是不必叫诗。泰戈尔是主张废除韵律的，他的道理并没有能说服我。我最喜欢的诗人是法国的魏尔兰、马拉梅和比利时的维尔哈伦等。魏尔兰主张：首先是音乐，其次是明朗与朦胧相结合。这符合我的口味。但是我反对现在的所谓“朦胧诗”。我总怀疑这是“英雄欺人”，以艰深文浅陋。文学艺术都必须要人了解，如果只有作者一个人了解（其实他自己也不见得就了解），那何必要文学艺术呢？此外，我还喜欢英国的所谓“形而上学诗”。在中国，我喜欢的是六朝骈文，唐代的李义山、李贺，宋代的姜白石、吴文英，都是唯美的，讲求辞藻华丽的。这个嗜好至今仍在。

在这四年期间，我同吴雨僧（宓）先生接触比较多。他主编天津《大公报》的一个副刊，我有时候写点书评之类的文章给他发表。我曾到燕京大学夜访郑振铎先生，同叶公超先生也有接触，他教我们英文，喜欢英国散文，正投我所好。我写散文，也翻译散文。曾有一篇《年》发表在与叶有关的《学文》上，受到他的鼓励，也碰过他的钉子。我常常同几个同班访问雨僧先生的藤影荷声之馆。有名的水木清华之匾就挂在工字厅后面。我也曾在月夜绕过工字厅走到学校西部的荷塘小径上散步，亲自领略朱自清先生《荷塘月色》描绘的那种如梦如幻的仙境。

我在清华时就已开始对梵文发生兴趣。旁听陈寅恪先生的佛经翻译文学更加深了我的兴趣。但由于当时没有人教梵文，所以空有这个愿望而不能实现。1935 年深秋，我到了德国哥廷根，才开始从瓦尔德施密特（Waldschmidt）教授学习梵文和巴利文。后又从西克（E. Sieg）教授学习吠陀和吐火罗文。梵文文学作品只在授课时作为语言教材来学习。二次世界大战爆发，瓦尔德施密特被征从军，西克以耄耋之年出来代他授课。这位年老的老师亲切和蔼，恨不能把自己的一切学问和盘托出来，交给我这个异域的青年。他先后教了我吠陀、《大疏》，吐火罗语。在文学方面，他教了我比较困难的檀丁的《十王子传》。这一部用艺术诗写成的小说实在非常古怪。开头一个复合词长达三行，把一个需要一章来描写的场面细致地描绘出来了。我回国以后之所以翻译《十王子传》，基因就是这样形成的。当时我主要是研究混合梵文，没有余暇来搞梵文文学，好像是也没有兴趣。在德国十年，没有翻译过一篇梵文文学著作，也没有写过一篇论梵文文学的文章。现在回想起来，也似乎从来没有想到要研究梵文文学。我的兴趣完完全全转移到语言方面，转移到吐火罗文方面去了。

1946 年回国，我到北大来工作。我兴趣最大、用力最勤的佛教梵文和吐火罗文的研究，由于缺少起码的资料，已无法进行。我当时有一句口号，叫作：“有多大碗，吃多少饭。”意思是说，国内有什么资料，我就做什么研究工作。巧妇难为无米之炊。不管我多么不甘心，也只能这样了。我就是在这种情况下来翻译文学作品的。新中国成立初期，我翻译了德国女小说家安娜·西格斯的短篇小说。西格斯的小说，我非常喜欢。她以女性特有的异常细致的笔触，描绘反法西斯的斗争，实在是优秀的短篇小说家。以后我又翻译了迦梨陀娑的《沙恭达罗》和《优哩婆湿》，翻译了《五卷书》和一些零零碎碎的《佛本生故事》等。直至此时，我还并没有立志专门研究外国文学。我用力最勤的还是中印文化关系史和印度佛教史。我努力看书，积累资料。20 世纪 50 年代，我曾想写一部《唐代中印关系史》，提纲都已写成，可惜因循未果。十年浩劫中，资料被抄，丢了一些，还留下了一些，我已兴趣索然了。在浩劫之后，我自忖已被打倒在地，命运是永世不得翻身。但我又不甘心无所事事，白白浪费人民的小米，想找一件能占住自己的身心而又能旷日持久的翻译工作，从来也没想到出版问题。我选择的结果就是印度大史诗《罗摩衍那》。大概从 1973 年开始，在看门房、守电话之余，着手翻译。我一定要译文押韵。但有时候找一个适当的韵脚又异常困难，我就坐在门房里，看着外面来来往往的人，大半都不认识，只见眼前人影历乱，我脑筋里却想的是韵脚。下班时要走四十分钟才能到家，路上我仍搜索枯肠，寻求韵脚，以此自乐，实不足为外人道也。

上面我谈了六十年来我和外国文学打交道的经过。原来不知从何处谈起，可是一谈，竟然也谈出了不少的东西。记得什么人说过，只要塞给你一支笔，几张纸，出上一个题目，你必然能写出东西来。我现在竟成了佐证。可是要说写得好，那可就不见得了。

究竟怎样评价我这六十年中对外国文学的兴趣和所表现出来的成绩呢？我现在谈一谈别人的评价。1980 年，我访问联邦德国，同分别了将近四十年的老师瓦尔德施密特教授会面，心中的喜悦之情可以想见。那时期，我翻译的《罗摩衍那》才出了一本。我就带了去送给老师。我万没有想到，他板起脸来，很严肃地说:“我们是搞佛教研究的，你怎么弄起这个来了！”我了解老师的心情，他是希望我在佛教研究方面能多做出些成绩。但是他哪里能了解我的处境呢？我一无情报，二无资料，我是不得已而为之的。只是到了最近五六年，我两次访问联邦德国，两次访问日本，同外国的渠道逐渐打通，同外国同行通信、互赠著作，才有了一些条件，从事我那有关原始佛教语言的研究，然而人已垂垂老矣。

前几天，我刚从日本回来。在东京时，以东京大学名誉教授中村元博士为首的一些日本学者为我布置了一次演讲会。我讲的题目是“和平和文化”。在致开幕词时，中村元把我送给他的八大本汉译《罗摩衍那》提到会上，向大家展示。他大肆吹嘘了一通，说什么世界名著《罗摩衍那》外文译本完整的，在过去一百多年内只有英文，汉文译本是第二个全译本，有重要意义。日本、美国、苏联等国都有人在翻译，汉译本对日本译本会有极大的鼓励作用和参考作用。

中村元教授同瓦尔德施密特教授的评价完全相反。但是我决不由于瓦尔德施密特的评价而沮丧，也决不由于中村元的评价而发昏。我认识到翻译这本书的价值，也认识到自己工作的不足。由于别的研究工作过多，今后这样大规模的翻译工作大概不会再干了。难道我和外国文学的缘分就从此终结了吗？绝不是的。我目前考虑的有两件工作：一是翻译一点《梨俱吠陀》的抒情诗，这方面的介绍还很不够。二是读一点古代印度文艺理论的书。我深知外国文学在我们国家精神文明建设中的重要性，也深知我们研究的深度和广度都有待于大大地提高。不管我其他工作多么多，我的兴趣多么杂，我决不会离开外国文学这一块阵地的，永远也不会离开。

1986 年 5 月 31 日

# 学术良心或学术道德

“学术良心”，好像以前还没有人用过这样一个词，我就算是“始作俑者”吧。但是，如果“良心”就是儒家孟子一派所讲的“人之初，性本善”中的“性”的话，我是不信这样的“良心”的。人和其他生物一样，其“性”就是“食、色，性也”的“性”；其本质是一要生存，二要温饱，三要发展。人的一生就是同这种本能作斗争的一生。有的人胜利了，也就是说，既要自己活，也要让别人活，他就是一个合格的人。让别人活的程度越高，也就是为别人着想的程度越高，他的“好”，或“善”，也就越高。“宁要我负天下人，不要天下人负我”，是地道的坏人，可惜的是，这样的人在古今中外并不少见。有人要问：既然你不承认人性本善，你这种想法是从哪里来的呢？对于这个问题，我还没有十分满意的解释。《三字经》上的两句话“性相近，习相远”中的“习”字似乎能回答这个问题。一个人过了幼稚阶段，有意识地或无意识地会感到，人类必须互相依存，才都能活下去。如果一个人只想到自己，或都是绝对地想到自己，那么，社会就难以存在，结果谁也活不下去。

这话说得太远了，还是回头来谈“学术良心”或者学术道德。学术涵盖面极大，文、理、工、农、医，都是学术。人类社会不能无学术，无学术，则人类社会就不能前进，人类福利就不能提高；每个人都是想日子越过越好的，学术的作用就在于能帮助人达到这个目的。大家常说，学术是老老实实的东西，不能掺半点假。通过个人努力或者集体努力，老老实实地做学问，得出的结果必须是实事求是的。这样做，就算是有学术良心。剽窃别人的成果，或者为了沽名钓誉创造新学说或新学派而篡改研究真相，伪造研究数据。这是地地道道的学术骗子。在国际上和我们国内，这样的骗子亦非少见。这样的骗局绝不会隐瞒很久的，总有一天真相会大白于天下的。许多国家都有这样的先例。真相一旦暴露，不齿于士林，因而自杀者也是有过的。这种学术骗子，自古已有，可怕的是于今为烈。我们学坛和文坛上的剽窃大案，时有所闻，我们千万要引为鉴戒。

这样明目张胆的大骗当然是绝不允许的。还有些偷偷摸摸的小骗，也不能不引起我们的戒心。小骗局花样颇为繁多，举其荦荦大者，有以下诸种：在课堂上听老师讲课，在公开学术报告中听报告人讲演，平常阅读书刊杂志时读到别人的见解，认为有用或有趣，于是就自己写成文章，不提老师的或者讲演者的以及作者的名字，仿佛他自己就是首创者，用以欺世盗名，这种例子也不是稀见的。还有有人在谈话中告诉了他一个观点，他也据为己有，这都是没有学术良心或者学术道德的行为。

我可以无愧于心地说，上面这些大骗或者小骗，我都从来没有干过，以后也永远不会干。

我在这里补充几点梁启超在他所著的《清代学术概论》中谈到的清代正统派的学风的几个特色："隐匿证据或曲解证据，皆认为不德。""凡采用旧说，必明引之，剿说认为大不德。"这同我在上面谈的学术道德（梁启超的"德"）完全一致。可见清代学者对学术道德之重视程度。

此外，梁启超上书中还举了一点特色："孤证不为定说。其无反证者姑存之。得有续证，则渐信之。遇有力之反证则弃之。"可以补充在这里，也可以补充在上一节中。

# 研究学问的三个境界

王国维在他著的《人间词话》里说了一段话：

> 古今之成大事业大学问者，必经过三种之境界："昨夜西风凋碧树，独上高楼，望尽天涯路。"此第一境也。"衣带渐宽终不悔，为伊消得人憔悴。"此第二境也。"众里寻他千百度，回头蓦见那人正在灯火阑珊处。"此第三境也。

尽管王国维同我们在思想上有天渊之别，他之所谓"大学问""大事业"，也跟我们了解的不完全一样。但是这一段话的基本精神，我们是可以同意的。

现在我就根据自己一些经验和体会来解释一下王国维的这一段话。

"昨夜西风凋碧树，独上高楼，望尽天涯路。"意思是：在秋天里，夜里吹起了西风，碧绿的树木都凋谢了。树叶子一落，一切都显得特别空阔。一个人登上高楼，看到一条漫长的路，一直引到天边，不知道究竟有多么长。王国维引用这几句词，形象地说明了一个人立志做一件事情时的情景。志虽然已经立定，但是前路漫漫，还看不到什么具体的东西。

说明第二个境界的那几句词引自欧阳修的《蝶恋花》(“衣带渐宽终不悔，为伊消得人憔悴”出自柳永《蝶恋花》，编者注)。王国维只是借用那两句话来说明：在工作进行中，一定要努力奋斗，刻苦钻研，日夜不停，坚持不懈，以致身体瘦削，连衣裳的带子都显得松了。但是，他（她）并不后悔，仍然是勇往直前，不顾自己的憔悴。

在三个境界中，这可以说是关键。根据我自己的体会，立志做一件事情以后，必须有这样的精神，才能成功。无论是在对自然的斗争中，还是在阶级斗争中，要想找出规律，来进一步推动工作，都是十分艰巨的事情。就拿我们从事教育和科学研究工作的人来说吧，搞自然科学的，既要进行细致深入的实验，又要积累资料。搞社会科学的，必须积累极其丰富的资料，并加以细致的分析和研究。在工作中，会遇到层出不穷的意想不到的困难，我们一定要坚忍不拔，百折不回，决不容许有任何侥幸求成的想法，也不容许徘徊犹豫。只有这样，才能得到最后的成功。

工作是艰苦的，工作的动力是什么呢？对王国维来说，工作的动力也许只是个人的名山事业。但是，对我们来说，动力应该是建设社会主义社会和共产主义社会。所以，我们今天的工作动力同王国维时代比起来，真有天渊之别了。

所谓不顾身体的瘦削，只是形象的说法，我们决不能照办。在王国维时代，这样说是可以的。但是到了今天，我们既要刻苦钻研，同时又要锻炼身体。一马万马的关系必须正确处理。

此外，我们既要自己钻研，同时也要兢兢业业地向老师学习。打一个不太确切的比喻，老师和学生一教一学，就好像是接力赛跑，一棒传一棒，跑下去，最后到达目的地。我们之所以要尊师，就是因为老师在一定意义上是跑前一棒的人。一方面，我们要从他手里接棒；另一方面，我们一定会比他跑得远，这就是所谓“青出于蓝，而胜于蓝”。

说明第三个境界的词引自辛弃疾的《青玉案》(元夕)。意思是：到处找他(她)，也不知道找了几百遍几千遍，只是找不到。猛一回头，那人原来就在灯火不太亮的地方。中国旧小说常见的“踏破铁鞋无觅处，得来全不费工夫”，表达的也是这个意思。王国维引用这几句词，来说明获得成功的情形。一个人既然立下大志做一件事情，于是就苦干、实干、巧干。但是什么时候才能成功呢？对于这个问题大可以不必过分考虑。只要努力干下去，而方法又对头，干得火候够了，成功自然就会到你身边来。

这三个境界，一般地说起来，是与实际情况相符的。就王国维所处的时代来说，他在科学研究方面所获得的成绩是极其辉煌的。他这一番话，完全出自亲自的体会和经验，因此才这样具体而生动。

到了今天，社会大大地进步了，我们的学习条件大大地改善了，我们的学习动力也完全不一样了；我们都应该立下雄心大志，一定要艰苦奋斗，攀登科学的高峰。

1959 年 7 月

# 抓住一个问题终生不放

根据我个人的观察，一个学人往往集中一段时间，钻研一个问题，搜集极勤，写作极苦。但是，文章一旦写成，就把注意力转向另外一个题目，已经写成和发表的文章就不再注意，甚至逐渐遗忘了。我自己这个毛病比较少。我往往抓住一个题目，得出了结论，写成了文章；但我并不把它置诸脑后，而是念念不忘。我举几个例子。

我于1947年写过一篇论文《浮屠与佛》，用汉文和英文发表。但是限于当时的条件，其中包括外国研究水平和资料，文中有几个问题勉强得到解决，自己并不满意，耿耿于怀者垂四十余年，一直到1989年，我得到了新材料，又写了一篇《再谈“浮屠”与“佛”》，解决了那一个悬而未决的问题，心中极喜。最令我欣慰的是，原来看似极大胆的假设竟然得到了证实，心中颇沾沾自喜，对自己的研究更增强了信心。觉得自己的“假设”确够“大胆”，而“求证”则极为“小心”。

第二个例子是关于佛典梵语中 -am ＞ o 和 u 的几篇文章。1944 年我在德国哥廷根写过一篇论文，谈这个问题，引起了国际上一些学者的注意。有人，比如美国的 F. Edgerton，在他的巨著《混合梵文文法》中多次提到这个音变现象。最初坚决反对，提出了许多假说，但又前后矛盾，不能自圆其说，最后，半推半就，被迫承认，却又不干净利落，窘态可掬，因此引起了我对此人的鄙视。回国以后，我连续写了几篇文章，对 Edgerton 加以反驳，但在我这方面，我始终没有忘记进一步寻找证据，进一步探索。这些情况我在上面的叙述中都已经谈到过。由于资料缺乏，一直到了 1990 年，上距 1944 年已经过了四十六年，我才又写了一篇比较重要的论文《新疆古代民族语言中语尾 -am ＞ u 的现象》。在这里，我用了大量的新资料，证明了我第一篇论文的结论完全正确，无懈可击。

例子还能举出一些来。但是，我觉得，这两个也就够了。我之所以不厌其烦地谈论这个问题，是因为我看到有一些学者，在某一个时期集中精力研究一个问题，成果一出，立即罢手。我不认为这是正确的做法。学术问题，有时候一时难以下结论，必须锲而不舍，终生以之，才可能得到越来越精确可靠的结论。有时候，甚至全世界都承认其为真理的学说，时过境迁，还有人提出异议。听说，国外已有学者对达尔文的“进化论”提出了不同的看法。我认为，这不是坏事，而是好事，真理的长河是永远流逝不停的。

# 第四辑

# 桑榆童心永少年

# 艰苦挣扎

这段时间是我一生思想感情最复杂最矛盾最困惑的时期之一。总的心情，可以归纳成两句话：侥幸心理，掉以轻心、蒙混过关的想法与担心恐惧、害怕病情发展到不知伊于胡底的心理相纠缠；无病的幻象与有病的实际相磨合。

中国人常使用一个词儿“癣疥之疾”，认为是无足轻重的。我觉得自己患的正是“癣疥之疾”，不必大惊小怪。在身边的朋友和大夫口中也常听到类似的意见。张衡就曾说过，只要撒上白矾末，第二天就能一切复原。北大校医院的张大夫也说，过去某校长也患过这样的病，住在校医院里输液，一个礼拜后就出院走人。同时，大概是由于张大夫给了点激素吃，胃口忽然大开，看到食品，就想狼吞虎咽，自己认为是个吉兆。又听我的学生上海复旦的钱文忠说，毒水流得越多，毒气出得越多，这是好事，不是坏事。所有这一切都是我爱听的话，很符合我当时苟且偷安的心情。

但这仅仅是事情的一面，事情还有另外一面。水泡的声威与日俱增，两手两脚上布满了泡泡和黑痂。然而客人依然不断，采访的、录音、录像的，络绎不绝。虽经玉洁奋力阻挡，然而，撼山易，撼这种局面难。客人一到，我不敢伸手同人家握手，怕传染了人家，而且手也太不雅观。道歉的话一天不知说多少遍，简直可以录音播放。我最怕的还不是说话，而是照相，然而照相又偏偏成了应有之仪，有不少人就是为了照一张相，不远千里跋涉而来。从前照相，我可以大大方方，端坐在那里，装模作样，电光一闪，大功告成。现在我却嫌我多长了两只手。手上那些东西能够原封不动地让人照出来吗？这些东西，一旦上了报，上了电视，岂不是一失足成千古恨了吗？因此，我一听照相就觳觫不安，赶快把双手藏在背后，还得勉强“笑一笑”哩。

这样的日子好过吗？

静夜醒来，看到自己手上和脚上这一群丑类，心里要怎么恶心就怎么恶心；要怎样头痛就怎样头痛。然而却是束手无策。水泡长到别的地方，我已经习惯了。但是，我偶尔摸一下指甲盖，发现里面也充满了水，我真有点毛了。这种地方一般是不长什么东西的。今天忽然发现有了水，即使想用针去扎，也无从下手。我泄了气。

我蓦地联想到一件与此有点类似的事情。20 世纪 50 年代后期全国人民头脑发热的时候，在北京号召全城人民打麻雀的那一天，我到京西斋堂去看望下放劳动的干部，适逢大雨。下放干部告诉我，此时山上树下出现了无数的蛇洞，每一个洞口都露出一个蛇头，漫山遍野，蔚为宇宙奇观。我大吃一惊，哪敢去看！我一想到那些洞口的蛇头，身上就起鸡皮疙瘩。我眼前手脚上的丑类确不是蛇头，然而令我厌恶的程度决不会小于那些蛇头。可是，蛇头我可以不想不看，而这些丑类却就长在我身上，如影随形，时时跟着你。我心里烦到了要发疯的程度。我真想拿一把板斧，把双手砍掉，宁愿不要双手，也不要这些丑类！

我又陷入了病与不病的怪圈。手脚上长了这么多丑恶的东西，时常去找医生，还要不厌其烦地同白矾和中草药打交道，能说不是病吗？即使退上几步，说它不过是癣疥之疾，也没能脱离了病的范畴。可是，在另一方面，能吃能睡，能接待客人，能畅读，能照相，还能看书写字，读傅彬然的日记，张学良的口述历史，怎么能说是病呢？

左右考虑，思绪不断，最后还是理智占了上风，我不得不承认，自己是在病中了。

# 病房里的日常生活

我活了九十多岁，平生播迁颇多，适应环境的能力因而也颇强。不管多么陌生的环境，我几乎立刻就能适应。现在住进了病房，就好像到了家一样。这里的居住条件、卫生条件等等，都是绝对无可指责的。我也曾住过、看过一些北京大医院的病房，只是卫生一个条件就相形见绌。我对这里十分满意，自然就不在话下了。

在十八间病房里住的真正的首长，大都是解放军的老将军，年龄都低于我，可是能走出房间活动的只不过寥寥四五人。偶尔碰上，点头致意而已。但是，我对他们是充满了敬意的。解放军是中国人民的“新的长城”，又是世界和平的忠诚的保卫者。在解放军中立过功的老将，对他们我焉能不极端尊敬呢?

至于我自己的日常生活，我是一个比较保守的人，几十年形成的习惯，走到哪里也改不掉。我每天照例四点多起床，起来立即坐下来写东西。在进院初，当手足上的丑类还在飞扬跋扈的时候，我也没有停下。我的手足有问题，脑袋没有问题。只要脑袋没问题，文章就能写。实际上，我从来没有把脑袋投闲置散，我总让它不停地运转。到了医院，转动的频率似乎更强了。无论是吃饭、散步、接受治疗、招待客人，甚至在梦中，我考虑的总是文章的结构、遣词、造句等与写作有关的问题。我自己觉得，我这样做，已经超过了平常所谓的打腹稿的阶段，打来打去，打的几乎都是成稿。只要一坐下来，把脑海里缀成的文字移到纸上，写文章的任务就完成了。

七点多吃过早饭以后，时间就不能由我支配，我就不得安闲了。大夫查房，到什么地方去做体检，反正总是闲不住。但是，有时候坐在轮椅上，甚至躺在体检的病床上，脑袋里忽然一转，想的又是与写文章有关的一些问题。这情况让我自己都有点吃惊。难道是自己着了魔了吗？

在进院后，不到一个月的时间内，我写了三万字的文章，内容也有学术性很强的，也有一些临时的感受。这在家里是做不到的。

生活条件是无可指责的，一群像白衣天使般的小护士，个个聪明伶俐，彬彬有礼，同她们在一起，自己也似乎年轻了许多。

我想用两句话总结我的生活：在治病方面，我是走过炼狱；在生活方面，我是住于乐园。

# 回　家

从医院里捡回来了一条命，终于带着它回家来了。

由于自己的幼稚、固执、迷信“癣疥之疾”的说法，竟走到了向阎王爷那里去报到的地步。也许是因为文件盖的图章不够数，或者红包不够丰满，被拒收，又溜达回来，住进了三〇一医院。这一所医德、医术、医风三高的医院，把性命奇迹般地还给了我，给了我一次名副其实的新生。

现在我回家来了。

什么叫家？以前没有研究过。现在忽然间提了出来，仍然是回答不上来。要说家是比较长期居住的地方，那么，在欧洲游荡了几百年的吉卜赛人住在流动不居的大车上，这算不算家呢？

我现在不想仔细研究这种介乎形而上学和形而下学之间的学问。还是让我从医院说起吧。

这一所医院是全国著名的，称之为超一流，是完全名副其实的。我相信，即使是最爱挑剔的人也决不会挑出什么毛病来。从医疗设备到医生水平，到病房的布置，到服务态度，到工作效率，等等，无不尽如人意。就是这样一个地方，我初搬入的时候，心情还浮躁过一阵，我想到我那在燕园垂杨深处的家，还有我那盈塘季荷和小波斯猫。但是住过一阵之后，我的心情平静了，我觉得住在这里就像是住在天堂乐园里一般。一个个穿白大褂的护士小姐都像是天使，幸福就在这白色光芒里闪烁。我过了一段十分愉快的生活。约莫一个月以后，病情已经快达到了痊愈的程度。虽然我的生活仍然十分甜美，手脚上长出来的丑类已经完全消灭。笔墨照舞照弄不误。我的心情却无端又浮躁起来。我想到，此地"信美非吾土"。我又想到了我那盈塘的季荷和小波斯猫。我要回家了。

回到朗润园的时候，已是黄昏时分。韩愈诗"黄昏到寺蝙蝠飞"，我现在是"黄昏到园蝙蝠飞"，空中确有蝙蝠飞着。全园还没有到灯火辉煌的程度。在薄暗中，盈塘荷花的绿叶显不出绿色，只是灰蒙蒙的一片。独有我那小波斯猫，不知是从什么地方窜了出来，坐下惊愕了一阵，认出了是我，立即跳了上来，在我的两腿间蹭来蹭去，没完没了。它好像是要说："老伙计呀！你可是到哪里去了？叫我好想呀！"我一进屋，它立即跳到我的怀里，无论如何，也不离开。

第二天早晨，我照例四点多起床。最初，外面还是一片黢黑，什么东西也看不清。不久，东方渐渐白了起来，天蒙蒙亮了。早晨锻炼的人开始出来了。一个穿红衣服的小伙子跑步向西边去了。接着就从西面走来了那一位挺着大肚子的中年妇女，跟在后面距离不太远的是那一位寡居的教授夫人。这些人都是我天天早上必先见到的人物，今天也不例外。一恍神，我好像根本没有离开过这里。在医院里的四十六天，好像是在宇宙间根本没有存在过，在时间上等于一个零。

等到天光大亮的时候，我仔细观察我的季荷。此时，绿盖满塘，浓碧盈空，看了令人精神为之一振。“心有灵犀一点通”，中国人相信人心是能相通的。我现在却相信，荷花也是有灵魂的，它与人心也能相通的。我的荷花掐指一算，我今年当有新生之喜；于是憋足了劲要大开一番，以示庆祝。第一朵花正开在我的窗前，是想给我一个信号。孤零零的一大朵红花，朝开夜合，确实带给了我极大的欢悦。可是荷花万没有想到，连我自己都没有想到嘛，我突然住进了医院。听北大到医院来看我的人说，荷花先是一朵，后是几朵，再后是十几朵，几十朵，上百朵，超过一百朵，开得盈塘盈池，红光照亮了朗润园，成了燕园中一道亮丽的风景线。可惜我在医院里不能亲自欣赏，只有躺在那里玄想了。

我把眼再略微抬高了一点，看到荷塘对岸的万众楼，依然雕梁画栋，金碧辉煌。楼名是我题写的。因为楼是西向的，我记得过去只有在夕阳返照中才能看清楚那三个金光闪闪的大字。今天，朝阳从楼后升起，楼前当然是黑的；但不知什么东西把阳光反射了回去，那三个大字正处在光环中，依然金光闪闪。这是极细微的小事，但是，我坐在这里却感到有无穷的逸趣。

与万众楼隔塘对峙是一座小山，出我的楼门，左拐走十余步就能走到。记得若干年前，一到深秋，山上的树丛叶子颜色一变，地上的草一露枯黄相，就给人以萧瑟凄清的感觉，这正是悲秋的最佳时刻。后来栽上了丰花月季，据说一年能开花十个月。前几年，一个初冬，忽然下起了一场大雪。小山上的树枝都变成了赤条条毫无牵挂。长在地上的东西都被覆盖在一片茫茫的白色之下。令我吃惊的是，我瞥见一枝月季，从雪中挺出，顶端开着一朵小花，鲜红浓艳，傲雪独立。它仿佛带给我了灵感，带给我了活力，带给我了无穷无尽的希望。我一时狂欢不能自禁。

小山上，树木丛杂，野草遍地，是鸟类的天堂。当前全世界人口爆炸，人与鸟兽争夺生存空间。燕园这一大片地带，如果从空中往下看的话，一定是一片浓绿，正是鸟类所垂青的地方。因此，这里的鸟类相对来说是比较多的。每天早晨，最先出现的往往是几只喜鹊，在山上塘边树枝间跳来跳去，兴高采烈。接着出场的是成群的灰喜鹊，也是在树枝间蹦蹦跳跳，兴高采烈。到了春天，当然会有成群的燕子飞来助兴。此时，啄木鸟也必然飞来凑趣，把古树敲得砰砰作响，好像要给这一场万籁齐鸣的音乐会敲起鼓点儿。空中又响起了布谷鸟清脆的鸣声，由远到近，又由近到远，终于消逝在太空中。我感到遗憾的是，以前每天都看到乌鸦从城里飞向远郊，成百，上千，黑压压一片。今天则片影无存了。我又遗憾见不到多少麻雀。20世纪50年代被某一个人无端定为四害之一的麻雀，曾被全国人民群起而攻之，酿成了举世闻名的闹剧。现在则濒于灭绝。在小山上偶尔见到几只，灰头土脑，然而却惊为奇宝了。

幼时读唐诗，读了“西塞山前白鹭飞”，“两个黄鹂鸣翠柳，一行白鹭上青天”，曾向往白鹭青天的境界，只是没有亲眼看见过。一直到1951年访问印度，曾在从加尔各答乘车到国际大学的路上，在一片浓绿的树木和荷塘上面的天空里，才第一次看到白鹭上青天的情景，顾而乐之。第二次见到白鹭是在前几年游广东佛山的时候。在一片大湖的颇为遥远的对岸上绿树成林，树上都开着白色的大花朵。最初我真以为是花。然而不久却发现，有的花朵竟然飞动起来，才知道不是花朵而是白鸟。我又顾而乐之。其实就在我入医院前不久，我曾瞥见一只白鸟从远处飞来，一头扎进荷叶丛中，不知道在里面鼓捣了些什么，过了许久，又从另一个地方飞出荷叶丛，直上青天，转瞬就消逝得无影无踪了。我难道能不顾而乐之吗？

现在我仍然枯坐在临窗的书桌旁边，时间是回家的第二天早上。我的身子确实没有挪窝儿，但是思想却是活跃异常。我想到过去，想到眼前，又想到未来，甚至神驰万里想到了印度。时序虽已是深秋，但是我的心中却仍是春意盎然。我眼前所看到的，脑海里所想到的东西，无一不笼罩上一团玫瑰般的嫣红，无一不闪出耀眼的光芒。记得小时候常见到贴在大门上的一副对联：“万物静观皆自得，四时佳兴与人同。”现在朗润园中的万物，鸟兽虫鱼，花草树木，无不自得其乐。连这里的天都似乎特别蓝，水都似乎特别清。眼睛所到之处，无不令我心旷神怡。思想所到之处，无不令我逸兴遄飞。我真觉得，大自然特别可爱，生命特别可爱，人类特别可爱，一切有生无生之物特别可爱，祖国特别可爱，宇宙万物无有不可爱者。欢喜充满了三千大千世界。

现在我十分清醒地意识到，我是带着捡回来的新生回家来了。

我的家是一个温馨的家。

2002 年 10 月 14 日

# 九十述怀

杜甫诗“人生七十古来稀”，对旧社会来说，这是完全正确的，因为它符合实际情况。但是，到了今天，老百姓却创造了三句顺口溜：“七十小弟弟，八十多来兮，九十不稀奇。”这也是完全正确的，因为它符合实际情况。

但是，对我来说，却另有一番纠葛。我行年九十矣，是不是感到不稀奇呢？答案是：不是，又是。不是者，我没有感到不稀奇，而是感到稀奇，非常地稀奇。我曾在很多地方都说过，我在任何方面都是一个没有雄心壮志的人，我不会说大话，不敢说大话，在年龄方面也一样。我的第一本账只计划活四十岁到五十岁。因为我的父母都只活了四十多岁，遵照遗传的规律，遵照传统伦理道德，我不能也不应活得超过了父母。我又哪里知道，仿佛一转瞬间，我竟活过了从心所欲不逾矩之年，又进入了耄耋的境界，要向期颐进军了。这样一来，我能不感到稀奇吗？

但是，为什么又感到不稀奇呢？从目前的身体情况来看，除了眼睛和耳朵有点不算太大的问题和腿脚不太灵便外，自我感觉还是良好的，写一篇一两千字的文章，倚椅可待。待人接物，应对进退，还是“难得糊涂”的。这一切都同十年前，或者更长的时间以前，没有什么两样。李太白诗“高堂明镜悲白发”，我不但发已全白（有人告诉我，又有黑发长出），而且秃了顶。这一切也都是事实，可惜我不是电影明星，一年照不了两次镜子，那一切我都不视不见。在潜意识中，自己还以为是“朝如青丝”哩。对我这样无知无识、麻木不仁的人，连上帝也没有办法。在这样的情况下，我怎么能不感到不稀奇呢？

但是，我自己又觉得，我这种精神状态之所以能够产生，不是没有根据的。我国现行的退休制度，教授年龄是六十岁到七十岁。可是，就我个人而论，在学术研究上，我的冲刺起点是在八十岁以后。开了几十年的会，经过了不知道多少次政治运动，做过不知道多少次自我检查，也不知道多少次对别人进行批判，最后又经历了十年浩劫，“对酒当歌，人生几何？”我自己的一生就是这样白白地消磨过去了。如果不是造化小儿对我垂青，制止了我实行自己年龄计划的话，在我八十岁以前（这也算是高寿了）就“遽归道山”，我留给子孙后代的东西恐怕是不会多的。不多也不一定就是坏事。留下一些不痛不痒，灾祸梨枣的所谓著述，对任何人都没有好处。但是，对我自己来说，恐怕就要“另案处理”了。

在从八十岁到九十岁这个十年内，在我冲刺开始以后，颇有一些值得纪念的甜蜜的回忆。在撰写我一生最长的一部长达八十万字的著作《糖史》的过程中，颇有一些情节值得回忆，值得玩味。在长达两年的时间内，我每天跑一趟大图书馆，风雨无阻，寒暑无碍。燕园风光旖旎，四时景物不同。春天姹紫嫣红，夏天荷香盈塘，秋天红染霜叶，冬天六出蔽空。称之为人间仙境，也不为过。然而，在这两年中，我几乎天天都在这样瑰丽的风光中行走。可是我都视而不见，甚至不视不见。未名湖的涟漪，博雅塔的倒影，被外人视为奇观的胜景，也未能逃过我的漠然，懵然，无动于衷。我心中想到的只是大图书馆中的盈室满架的图书，鼻子里闻到的只有那里的书香。

《糖史》的写作完成以后，我又把阵地从大图书馆移到家中来。运筹于斗室之中，决战于几张桌子之上。我研究的对象变成了吐火罗文 A 方言的《弥勒会见记剧本》。这也不是一颗容易咬的核桃，非用上全力不行。最大的困难在于缺乏资料，而且多是国外的资料。没有办法，只有时不时地向海外求援。现在虽然号称为信息时代，可是我要的消息多是刁钻古怪的东西，一时难以搜寻，我只有耐着性子恭候。舞笔弄墨的朋友，大概都能体会到，当一篇文章正在进行写作时，忽然断了电，你心中真如火烧油浇，然而却毫无办法，只盼喜从天降了，只能听天由命了。此时燕园旖旎的风光，对于我似有似无，心里想到的，切盼的只有海外的来信。如此又熬了一年多，《弥勒会见记剧本》英译本终于在德国出版了。

两部著作完成以后，我平生大愿算是告一段落。痛定思痛，蓦地想到了，自己已是望九之年了。这样的岁数，古今中外的读书人能达到的只有极少数。我自己竟能置身其中，岂不大可喜哉！

我想停下来休息片刻，以利再战。这时就想到，我还有一个家。在一般人心目中，家是停泊休息的最好的港湾。我的家怎样呢？直白地说，我的家就我一个孤家寡人，我就是家，我一个人吃饱了，全家不害饿。这样一来，我应该感觉很孤独了吧。然而并不。我的家庭“成员”实际上并不止我一个“人”。我还有四只极为活泼可爱的，一转眼就偷吃东西的，从我家乡山东临清带来的白色波斯猫，眼睛一黄一蓝。它们一点礼节都没有，一点规矩都不懂，时不时地爬上我的脖子，为所欲为，大胆放肆。有一只还专在我的裤腿上撒尿。这一切我不但不介意，而且顾而乐之，让猫们的自由主义恶性发展。

我的家庭“成员”还不止这样多，我还养了两只山大小校友张衡送给我的乌龟。乌龟这玩意儿，现在名声不算太好，但在古代却是长寿的象征。有些人的名字中也使用“龟”字，唐代就有李龟年、陆龟蒙等等。龟们的智商大概低于猫们，它们决不会从水中爬出来爬上我的肩头。但是，龟们也自有龟之乐，当我向它喂食时，它们伸出了脖子，一口吞下一粒，它们显然是愉快的。可惜我遇不到惠施，他决不会同我争辩，我何以知道龟之乐。

我的家庭“成员”还没有到此为止，我还饲养了五只大甲鱼。甲鱼，在一般老百姓嘴里叫“王八”，是一个十分不光彩的名称，人们讳言之。然而我却堂而皇之地养在大瓷缸内，一视同仁，毫无歧视之心。是不是我神经出了毛病？用不着请医生去检查，我神经十分正常。我认为，甲鱼同其他动物一样有生存的权利。称之为王八，是人类对它的诬蔑，是向它头上泼脏水。可惜甲鱼无知，不会向世界最高法庭上去状告人类，还要要求赔偿名誉费若干美元，而且要登报声明。我个人觉得，人类在新世纪、新千年中最重要的任务是处理好与大自然的关系。恩格斯已经警告过我们，不要过分陶醉于我们对自然界的胜利。对每一次这样的胜利，自然界都报复了我们。一百多年来的历史事实，日益证明了恩格斯警告之正确与准确。在新世纪中，人类首先必须改恶向善，改掉乱吃其他动物的恶习。人类必须遵守宋代大儒张载的话：“民吾同胞，物吾与也”，把甲鱼也看成是自己的伙伴，把大自然看成是自己的朋友，而不是征服的对象。这样一来，人类庶几能有美妙光辉的前途。至于对我自己，也许有人认为我是《世说新语》中的人物，放诞不经。如果真正有的话，那就，那就——由它去吧。

再继续谈我的家和我自己。

我在十年浩劫中，自己跳出来反对那位倒行逆施的“老佛爷”，被打倒在地，被戴上了无数顶莫须有的帽子，天天被打，被骂。最初也只觉得滑稽可笑。但“谎言说上一千遍，就变成了真理”，最后连我自己都怀疑起来了：“此身合是坏人未？泪眼迷离问苍天。”其实我并没有那么坏，但在许多人眼中，我已经成了一个“不可接触者”。

然而，世事多变，人间正道。不知道是怎么一来，我竟转身一变成了一个“极可接触者”。我常以知了自比。知了的幼虫最初藏在地下，黄昏时爬上树干，天一明就脱掉了旧壳，长出了翅膀，长鸣高枝，成了极富诗意的虫类，引得诗人“倚杖柴门外，临风听暮蝉”了。我现在就是一只长鸣高枝的蝉，名声四被，头上的桂冠比“文革”中头上戴的高帽子还要高出多多，有时候我自己都觉得脸红。其实我自己深知，我并没有那么好。然而，我这样发自肺腑的话，别人是不会相信的。这样一来，我虽孤家寡人，其实家里每天都是热闹非凡。有一位多年的老同事，天天到我家里来“打工”，处理我的杂务，照顾我的生活，最重要的事情是给我读报、读信，因为我眼睛不好。还有就是同不断打电话来或者亲自登门来的自称是我的“崇拜者”的人们打交道。学校领导因为觉得我年纪已大，不能再招待那么多的来访者，在我门上贴出了通告，想制约一下来访者的袭来，但用处不大，许多客人都视而不见，照样敲门不误。有少数人竟在门外荷塘边上等上几个钟头。除了来访者打电话者外，还有扛着沉重的录像机而来的电视台的导演和记者，以及每天都收到的数量颇大的信件和刊物。有一些年轻的大中学生，把我看成了有求必应的土地爷，或者能预言先知的季铁嘴，向我请求这请求那，向我倾诉对自己父母都不肯透露的心中的苦闷。这些都要我那位“打工”的老同事来处理，我那位打工者此时就成了拦驾大使。想尽花样，费尽唇舌，说服那些想来采访，想来拍电视的好心和热心又诚心的朋友们，请他们少安毋躁。这是极为繁重而困难的工作，我能深切体会。其忙碌困难的情况，我是能理解的。

最让我高兴的是，我结交了不少新朋友。他们都是著名的书法家、画家、诗人、作家、教授。我们彼此之间，除了真挚的感情和友谊之外，绝无所求于对方。我是相信缘分的，“有缘千里来相会，无缘对面不相识”，缘分是说不明道不白的东西，但又确实存在。我相信，我同朋友之间就是有缘分的。我们一见如故，无话不谈。没见面时，总惦记着见面的时间；既见面则如鱼得水，心旷神怡；分手后又是朝思暮想，忆念难忘。对我来说，他们不是亲属，胜似亲属。有人说：“人生得一知己足矣。”我得到的却不只是一个知己，而是一群知己。有人说我活得非常滋润。此情此景，岂是“滋润”二字可以了得！

我是一个呆板保守的人，秉性固执。几十年养成的习惯，我决不改变。一身卡其布的中山装，国内外不变，季节变化不变，别人认为是老顽固，我则自称是“博物馆的人物”，以示“抵抗”，后发制人。生活习惯也决不改变。四五十年来养成了早起的习惯，每天早晨四点半起床，前后差不了五分钟。古人说“黎明即起”，对我来说，这话夏天是适合的；冬天则是在黎明之前几个小时，我就起来了。我五点吃早点，可以说是先天下之早点而早点。吃完立即工作。我的工作主要是爬格子。几十年来，我已经爬出了上千万的字。这些东西都值得爬吗？我认为是值得的。我爬出的东西不见得都是精金粹玉，都是甘露醍醐，吃了能让人升天成仙。但是其中绝没有毒药，绝没有假冒伪劣，读了以后至少能让人获得点享受，能让人爱国，爱乡，爱人类，爱自然，爱儿童，爱一切美好的东西。总之一句话，能让人在精神境界中有所收益。我常常自己警告说：人吃饭是为了活着，但活着绝不是为了吃饭。人的一生是短暂的，绝不能白白把生命浪费掉。如果我有一天工作没有什么收获，晚上躺在床上就疚愧难安，认为是慢性自杀。爬格子有没有名利思想呢？坦白地说，过去是有的。可是到了今天，名利对我都没有什么用处了，我之所以仍然爬，是出于惯性，其他冠冕堂皇的话，我说不出。“爬格不知老已至，名利于我如浮云”，或可能道出我现在的心情。

你想到过死没有呢？我仿佛听到有人在问。好，这话正问到节骨眼上。是的，我想到过死，过去也曾想到死，现在想得更多而已。在十年浩劫中，在 1967 年，一个千钧一发般的小插曲使我避免了走上“自绝于人民的”道路。从那以后，我认为，我已经死过一次，多活一天，都是赚的，到现在已经三十多年了，我真赚了个满堂满贯，真成为一个特殊的大富翁了。但人总是要死的，在这方面，谁也没有特权，没有豁免权。虽然常言道："黄泉路上无老少。"但是老年人毕竟有优先权。燕园是一个出老寿星的宝地。我虽年届九旬，但按照年龄顺序排队，我仍落在十几名之后。我曾私自发下宏愿大誓：在向八宝山的攀登中，我一定按照年龄顺序鱼贯而登，绝不抢班夺权，硬去加塞。至于事实究竟如何，那就请听下回分解了。

既然已经死过一次，多少年来，我总以为自己已经参悟了人生。我常拿陶渊明的四句诗当作座右铭："纵浪大化中，不喜亦不惧，应尽便须尽，无复独多虑。"现在才逐渐发现，我自己并没能完全做到。常常想到死，就是一个证明，我有时幻想，自己为什么不能像朋友送给我摆在桌上的奇石那样，自己没有生命，但也绝不会有死呢？我有时候也幻想：能不能让造物主勒住时间前进的步伐，让太阳和月亮永远明亮，地球上一切生物都停住不动，不老呢？哪怕是停上十年八年呢？大家千万不要误会，认为我怕死怕得要命。绝不是那样。我早就认识到，永远变动，永不停息，是宇宙根本规律，要求不变是荒唐的。万物方生方死，是至理名言。江文通《恨赋》中说："自古皆有死，莫不饮恨而吞声。"那是没有见地的庸人之举，我虽庸陋，水平还不会那样低。即使我做不到热烈欢迎大限之来临，我也决不会饮恨吞声。

但是，人类是心中充满了矛盾的动物，其他动物没有思想，也就不会有这样多的矛盾。我忝列人类的一分子，心里面的矛盾总是免不了的。我现在是一方面眷恋人生，一方面却又觉得，自己活得实在太辛苦了，我想休息一下了。我向往庄子的话："大块载我以形，劳我以生。"大家千万不要误会，以为我就要自杀。自杀那玩意儿我绝不会再干了。在别人眼中，我现在活得真是非常非常惬意了。不虞之誉，纷至沓来；求全之毁，几乎绝迹。我所到之处，见到的只有笑脸，感到的只有温暖。时时如坐春风，处处如沐春雨，人生至此，实在是真应该满足了。然而，实际情况却并不完全是这样惬意。古人说："不如意事常八九。"这话对我现在来说也是适用的。我时不时地总会碰到一些令人不愉快的事情，让自己的心情半天难以平静。即使在春风得意中，我也有自己的苦恼。我明明是一头瘦骨嶙峋的老牛，却有时被认成是日产鲜奶千磅的硕大的肥牛。已经挤出了奶水五百磅，还求索不止，认为我打了埋伏。其中情味，实难以为外人道也。这逼得我不能不想到休息。

我现在不时想到，自己活得太长了，快到一个世纪了。九十年前，山东临清县一个既穷又小的官庄出生了一个野小子，竟走出了官庄，走出了临清，走到了济南，走到了北京，走到了德国；后来又走遍了几个大洲，几十个国家。如果把我的足迹画成一条长线的话，这条长线能绕地球几周。我看过埃及的金字塔，看过两河流域的古文化遗址，看过印度的泰姬陵，看过非洲的撒哈拉大沙漠，以及国内外的许多名山大川。

我曾住过总统府之类的豪华宾馆，会见过许多总统、总理一级的人物，在流俗人的眼中，真可谓极风光之能事了。然而，我走过的漫长的道路并不总是铺着玫瑰花的，有时也荆棘丛生。我经过山重水复，也经过柳暗花明；走过阳关大道，也走过独木小桥。我曾到阎王爷那里去报到，没有被接纳。终于曲曲折折，颠颠簸簸，坎坎坷坷，磕磕碰碰，走到了今天。现在就坐在燕园朗润园中一个玻璃窗下，写着《九十述怀》。窗外已是寒冬。荷塘里在夏天接天映日的荷花，只剩下干枯的残叶在寒风中摇曳。玉兰花也只留下光秃秃的枝干在那里苦撑。但是，我知道，我仿佛看到荷花蜷曲在冰下淤泥里做着春天的梦；玉兰花则在枝头梦着“春意闹”。它们都在活着，只是暂时地休息，养精蓄锐，好在明年新世纪、新千年中开出更多更艳丽的花朵。

我自己当然也在活着。可是我活得太久了，活得太累了。歌德暮年在一首著名的小诗中想到休息。我也真想休息一下了。但是，这是绝对不可能的。我就像鲁迅笔下的那一位“过客”那样，我的任务就是向前走，向前走。前方是什么地方呢？老翁看到的是坟墓，小女孩看到的是野百合花。我写《八十述怀》时，看到的是野百合花多于坟墓，今天则倒了一个个儿，坟墓多而野百合花少了。不管怎样，反正我是非走上前去不行的，不管是坟墓，还是野百合花，都不能阻挡我的步伐。冯友兰先生的“何止于米”，我已经越过了米的阶段。下一步就是“相期以茶”了。我觉得，我目前的选择只有眼前这一条路，这一条路并不遥远。等到我十年后再写《百岁述怀》的时候，那就离茶不远了。

2000 年 12 月 20 日

# 时　间

一抬头，就看到书桌上座钟的秒针在一跳一跳地向前走动。它那里一跳，我的心就一跳。孔子说：“逝者如斯夫，不舍昼夜！”这里指的是水。水永远不停地流逝，让孔夫子吃惊兴叹。我的心跳，跳的是时间。水是能看得见，摸得着的。时间却看不见，摸不着的，它的流逝你感觉不到，然而确实是在流逝。现在我眼前摆上了座钟，它的秒针一跳一跳，让我再清楚不过地看到了时间的流逝，焉能不心跳？焉能不兴叹呢？

远古的人大概是很幸福的。他们日出而作，日入而息，根据太阳的出没来规定自己的活动。即使能感到时间的流逝，也只在依稀隐约之间。后来，他们聪明了，根据太阳光和阴影的推移，把时间称作光阴。再后来，人们的聪明才智更提高了，用铜壶滴漏的办法来显示和测定时间的推移，这是用人工来抓住看不见摸不着的时间的尝试。到了近几百年，人类发明了钟表，把时间的存在与流逝清清楚楚地摆在每一个人的面前。这是人类文明进步的表现。但是，正如人们常说的那样，“有一利必有一弊”，人类成了时间的奴隶，成了手表的奴隶。现在各种各样的会极多，开会必须规定时间，几点几分，不能任意伸缩。如果参加重要的会而路上偏偏赶上堵车，任你怎样焦急，怎样频频看手表，都是白搭。这不是典型的时间的奴隶又是什么呢？然而，话又说了回来，在今天头绪纷纭杂乱有章的社会里，开会不定时间，还像古人那样“日出而作，日入而息”，悠哉游哉，顺帝之则，今天的社会还能运转吗？不管你愿意不愿意，成为时间的奴隶就正是文明的表现。

不管你意识到还是没有意识到，大自然还是把虚无缥缈的时间用具体的东西暗示给了人们。比如用日出日落标志出一天，用月亮的圆缺标志出一月，用四季（在印度是六季或者两季）标志出一年。农民最关心这些问题，一年二十四个节气对他们种庄稼有重要意义。在自然科学家和哲学家眼中，时间具有另外的意义。他们说，大千世界，人类万物，都生长在时间和空间内，而时间是无头无尾的，空间是无边无际的。我既不是自然科学家，也不是哲学家，对无头无尾和无边无际实在难以理解。可是不这样又能怎样呢？如果时间有了头尾，头以前尾以后又是什么呢？因此，难以理解也只得理解，此外更没有其他途径。

生与死也属于时间范畴。一般人总是把生与死绝对对立起来。但是，中国古代的道家却主张“万物方生方死”，把生与死辩证地联系在一起，而且准确无误地道出了生即是死的关系。随着座钟秒针的一跳，我自己就长了无法用言语表达出来的那么一点点儿。同时也就是向着死亡走近了那么一点点儿。不但我是这样，现在正是初夏，窗外的玉兰花、垂柳和深埋在清塘里的荷花，也都长了那么一点点儿。不久前还是冰封的湖水，现在是“风乍起，吹皱一池夏水”，波光潋滟，水色接天。岸上的垂杨，从光秃秃的枝条上逐渐长出了小叶片，一转瞬间，出现了一片鹅黄；再一转瞬，就是一片嫩绿，现在则是接近浓绿了。小山上原来是一片枯草，“一夜东风送春暖，满山开遍二月兰”。今年是二月兰的大年，山上地下，只要有空隙，二月兰必然出现在那里，座钟的秒针再跳上多少万次，二月兰即将枯萎，也就是走向暂时的死亡了。所有这些东西，都是方生方死。这是自然的规律，不可逆转的。

印度人是聪明的，他们把时间和死亡视为一物。梵文hāla，既是“时间”，又是“死亡或死神”。《罗摩衍那》的主人公罗摩，在活了极长的时间以后，hāla走上门来，这表示他就要死亡了。罗摩泰然处之，既不“饮恨”，也不“吞声”。他知道这是自然规律，人类是无能为力的。我们今天知道，不但人类是这样，世界上万事万物都有始有终，无一例外。“顺其自然”是最好的办法。我在这里顺便说一下。在梵文里，动词“死”的字根是mn，但是此字不用manati来表示现在时，而是用被动式mniyati（ti），这表示，印度人认为“死”是被动的，主动自杀者究属少数。

同印度人比较起来，中国人大概希望争取长生。越是有钱有势的人越希望活下去，在旧社会里生活在水深火热中的小百姓，绝不会愿意长远活下去的。而富有天下的天子则热切希望长生。中国历史上几位有名的英主，莫不如此。秦始皇和汉武帝都寻求不死之药或者仙丹什么的。连唐太宗都是服用了印度婆罗门的“仙药”而中毒身亡的。老百姓书呆子中也有寻求肉身升天的，而且连鸡犬都带了上去。我这个木头脑袋瓜真想也想不通。如果真有那么一个“天”的话，人数也不会太多。升到那里去干些什么呢？那里不会有官僚衙门，想走后门靠贿赂来谋求升官，没有这个可能。那里也不会有什么市场，什么WTO，想发财也英雄无用武之地。想打麻将，唱卡拉OK，唱几天，打几天，还是会有兴趣的，但让你一月月一年年永远打下去，你受得了吗？养鸡喂狗，永远喂下去，你也受不了。“不为无益之事，何以遣有涯之生！”无益之事天上没有。在天上待长了，你一定会自杀的。苏东坡说“起舞弄清影，何似在人间”是有见地之言。我们还是老老实实待在人间吧。

要待在人间，就必须受时间的制约。在时间面前，人人平等。如果想不通我在上面说的那一些并不深奥的道理，时间就变成了枷锁，让你处处感到不舒服。但是，如果真想通了，则戴着枷锁跳舞反而更能增加一些意想不到的兴趣。我自认是想通了。现在照样一抬头就看到书桌上座钟的秒针一跳一跳地向前走动，但是我的心却不跳了。我觉得这是时间给我提醒儿，让我知道时间的价值。“一寸光阴不可轻”，朱子这一句诗对我这个年过九十的老头儿也是适用的。

2002 年 3 月 31 日

# 反躬自省

我生长在鲁西北贫困地区一个僻远的小村庄里。晚年，一个幼年时的伙伴对我说："你们家连贫农都够不上！"在家六年，几乎不知肉味，平常吃的是红高粱饼子，白馒头只有大奶奶给吃过。没有钱买盐，只能从盐碱地里挖土煮水腌咸菜。母亲一字不识，一辈子季赵氏，连个名都没有捞上。

我现在一闭眼就看到一个小男孩，在夏天里浑身上下一丝不挂，滚在黄土地里，然后跳入浑浊的小河里去冲洗。再滚，再冲；再冲，再滚。

"难道这就是我吗？"

"不错，这就是你！"

六岁那年，我从那个小村庄里走出，走向通都大邑，一走就走了将近九十年。我走过阳关大道，也跨过独木小桥。有时候歪打正着，有时候也正打歪着。坎坎坷坷，跌跌撞撞，磕磕碰碰，推推搡搡，云里，雾里。不知不觉就走到了现在的九十二岁，超过古稀之年二十多岁了。岂不大可喜哉！又岂不大可惧哉！我仿佛大梦初觉一样，糊里糊涂地成为一位名人。现在正住在三〇一医院雍容华贵的高干病房里。同我九十年前出发时的情况相比，只有李后主的“天上人间”四个字差堪比拟于万一。我不大相信这是真的。

我在上面曾经说到，名利之心，人皆有之。我这样一个平凡的人，有了点名，感到高兴，是人之常情。我只想说一句，我确实没有为了出名而去钻营。我经常说，我少无大志，中无大志，老也无大志。这都是实情。能够有点小名小利，自己也就满足了。可是现在的情况却不是这样子。已经有了几本传记，听说还有人正在写作。至于单篇的文章数量更大。其中说的当然都是好话，当然免不了大量溢美之词。别人写的传记和文章，我基本上都不看。我感谢作者，他们都是一片好心。我经常说，我没有那样好，那是对我的鞭策和鼓励。

我感到惭愧。

常言道，“人怕出名猪怕壮”，一点小小的虚名竟能给我招来这样的麻烦，不身历其境者是不能理解的。麻烦是错综复杂的，我自己也理不出个头绪来。我现在，想到什么就写点什么，绝对是写不全的。首先是出席会议。有些会议同我关系实在不大。但却又非出席不行，据说这涉及会议的规格。在这一顶大帽子下面，我只能勉为其难了。其次是接待来访者，只这一项就头绪万端。老朋友的来访，什么时候都会给我带来欢悦，不在此列。我讲的是陌生人的来访，学校领导在我的大门上贴出布告：谢绝访问。但大多数人却熟视无睹，置之不理，照样大声敲门。外地来的人，其中多半是青年人，不远千里，为了某一些原因，要求见我。如见不到，他们能在门外荷塘旁等上几个小时，甚至住在校外旅店里，每天来我家附近一次。他们来的目的多种多样，但是大体上以想上北大为最多。他们慕北大之名，可惜考试未能及格。他们错认我有无穷无尽的能力和权力，能帮助自己。另外想到北京找工作也有，想找我签个名照张相的也有。这种事情说也说不完。我家里的人告诉他们我不在家。于是我就不敢在临街的屋子里抬头，当然更不敢出门，我成了“囚徒”。其次是来信。我每天都会收到陌生人的几封信。有的也多与求学有关。有极少数的男女大孩子向我诉说思想感情方面的一些问题和困惑。据他们自己说，这些事连自己的父母都没有告诉。我读了真正是万分感动，遍体温暖。我有何德何能，竟能让纯真无邪的大孩子如此信任！据说，外面传说，我每信必复。我最初确实有这样的愿望。但是，时间和精力都有限。只好让李玉洁女士承担写回信的任务。这个任务成了德国人口中常说的“硬核桃”。其次是寄来的稿子，要我“评阅”，提意见，写序言，甚至推荐出版。其中有洋洋数十万言之作。我哪里有能力有时间读这些原稿呢？有时候往旁边一放，为新来的信件所覆盖。过了不知多少时候，原作者来信催还原稿。这却使我作了难。“只在此室中，书深不知处”了。如果原作者只有这么一本原稿，那我的罪孽可就大了。其次是要求写字的人多，求我的“墨宝”，有的是楼台名称，有的是展览会的会名，有的是书名，有的是题词，总之是花样很多。一提“墨宝”，我就汗颜。小时候确实练过字。但是，一入大学，就再没有练过书法，以后长期居住在国外，连笔墨都看不见，何来“墨宝”。现在，到了老年，忽然变成了“书法家”，竟还有人把我的“书法”拿到书展上去示众，我自己都觉得可笑！有比较老实的人，暗示给我：他们所求的不过“季羡林”三个字。这样一来，我的心反而平静了一点，下定决心：你不怕丑，我就敢写。其次是广播电台、电视台，还有一些什么台，以及一些报纸杂志编辑部的录像采访。这使我最感到麻烦。我也会说一些谎话的，但我的本性是有时嘴上没遮掩，有时说溜了嘴，在过去，你还能要点无赖，硬不承认。今天他们人人手里都有录音机，“君子一言，驷马难追”，同他们订君子协定，答应删掉；但是，多数是原封不动，和盘端出，让你哭笑不得。上面的这一段诉苦已经够长的了，但是还远远不够，苦再诉下去，也了无意义，就此打住。

我虽然有这样多麻烦，但我并没有被麻烦压倒。我照常我行我素，做自己的工作。我一向关心国内外的学术动态。我不厌其烦地鼓励我的学生阅读国内外与自己研究工作有关的学术刊物。一般是浏览，重点必须细读。为学贵在创新。如果连国内外的新都不知道，你的新何从创起？我自己很难到大图书馆看杂志了。幸而承蒙许多学术刊物的主编不弃，定期寄赠。我才得以拜读，了解了不少当前学术研究的情况和结果，不致闭目塞听。我自己的研究工作仍然照常进行。遗憾的是，许多多年来就想研究的大题目，曾经积累过一些材料，现在拿起来一看，顿时想到自己的年龄，只能像玄奘当年那样，叹一口气说："自量气力，不复办此。"

对当前学术研究的情况，我也有自己的一套看法，仍然是顿悟式地得来的。我觉得，在过去，人文社会科学学者在进行科研工作时，最费时间的工作是搜集资料，往往穷年累月，还难以获得多大成果。现在电子计算机光盘一旦被发明，大部分古籍都已收入。不费吹灰之力，就能涸泽而渔。过去最繁重的工作成为最轻松的了。有人可能掉以轻心，我却有我的忧虑。将来的文章由于资料丰满可能越来越长，而疏漏则可能越来越多。光盘不可能把所有的文献都吸引进去，而且考古发掘还会不时有新的文献呈现出来。这些文献有时候比已有的文献还更重要，万万不能忽视的。好多人都承认，现在学术界急功近利浮躁之风已经有所抬头，剽窃就是其中最显著的表现，这应该引起人们的戒心。我在这里抄一段朱子的话，献给大家。朱子说："圣贤言语，一步是一步。近来一种议论，只是跳踯。初则两三步做一步，甚则十数步做一步，又甚则千百步做一步。所以学之者皆颠狂。"（《朱子语类》卷一百二十四）愿与大家共勉力戒之。

我现在想借这个机会廓清与我有关的几个问题。

# 辞“国学大师”

现在在某些比较正式的文件中，在我头顶上也出现“国学大师”这一灿烂辉煌的光环。这并非无中生有，其中有一段历史渊源。

约莫十几二十年前，中国的改革开放大见成效，经济飞速发展。文化建设方面也相应地活跃起来。有一次在还没有改建的大讲堂里开了一个什么会，专门向同学们谈国学，中华文化的一部分毕竟是保留在所谓“国学”中的。当时在主席台上共坐着五位教授，每个人都讲上一通。我是被排在第一位的，说了些什么话，现在已忘得干干净净。《人民日报》的一位资深记者是北大校友，“于无声处听惊雷”，在报上写了一篇长文《国学，在燕园又悄然兴起》。从此以后，其中四位教授，包括我在内，就被称为“国学大师”。他们三位的国学基础都比我强得多。他们对这一顶桂冠的想法如何，我不清楚。我自己被戴上了这一顶桂冠，却是浑身起鸡皮疙瘩。这情况引起了一位学者（或者别的什么“者”）的“义愤”，触动了他的特异功能，在杂志上著文说，提倡国学是对抗马克思主义。这话真是石破天惊，匪夷所思，让我目瞪口呆。一直到现在，我仍然没有想通。

说到国学基础，我从小学起就读经书、古文、诗词。对一些重要的经典著作有所涉猎。但是我对哪一部古典，哪一个作家都没有下过死工夫，因为我从来没想成为一个国学家。后来专治其他的学术，浸淫其中，乐不可支。除了尚能背诵几百首诗词和几十篇古文外；除了尚能在最大的宏观上谈一些与国学有关的自谓是大而有当的问题比如天人合一外，自己的国学知识并没有增加。环顾左右，朋友中国学基础胜于自己者，大有人在。在这样的情况下，我竟独占“国学大师”的尊号，岂不折煞老身（借用京剧女角词）！我连“国学小师”都不够，遑论“大师”！

为此，我在这里昭告天下：请从我头顶上把“国学大师”的桂冠摘下来。

## 辞“学界（术）泰斗”

这要分两层来讲：一个是教育界，一个是人文社会科学界。

先要弄清楚什么叫“泰斗”。泰者，泰山也；斗者，北斗也。两者都被认为是至高无上的东西。

光谈教育界。我一生做教书匠，爬格子。在国外教书十年，在国内五十七年。人们常说：“没有功劳，也有苦劳。”特别是在过去几十年中，天天运动，花样翻新，总的目的就是让你不得安闲，神经时时刻刻都处在万分紧张的情况中。在这样的情况下，我一直担任行政工作，想要做出什么成绩，岂不戛戛乎难矣哉！我这个“泰斗”从哪里讲起呢？

在人文社会科学的研究中，说我做出了极大的成绩，那不是事实。说我一点成绩都没有，那也不符合实际情况。这样的人，滔滔者天下皆是也。但是，现在却偏偏把我“打”成泰斗。我这个泰斗又从哪里讲起呢？

为此，我在这里昭告天下：请从我头顶上把“学界（术）泰斗”的桂冠摘下来。

## 辞“国宝”

在中国，一提到“国宝”，人们一定会立刻想到人见人爱憨态可掬的大熊猫。这种动物数量极少，而且只有中国有，称之为“国宝”，它是当之无愧的。

可是，大约在八九十来年前，在一次会议上，北京市的一位领导突然称我为“国宝”，我极为惊愕。到了今天，我所到之处，“国宝”之声洋洋乎盈耳矣。我实在是大惑不解。当然，“国宝”这一顶桂冠并没有为我一人所垄断，其他几位书画名家也有此称号。

我浮想联翩，想探寻一下起名的来源。是不是因为中国只有一个季羡林，所以他就成为“宝”。但是，中国的赵一钱二孙三李四等等，等等，也都只有一个，难道中国能有十三亿“国宝”吗？

这种事情，痴想无益，也完全没有必要。我来一个急刹车。

为此，我在这里昭告天下：请从我头顶上把“国宝”的桂冠摘下来。

三顶桂冠一摘，还了我一个自由自在身。身上的泡沫洗掉了，露出了真面目，皆大欢喜。

露出了真面目，自己是不是就成了原来蒙着华贵的绸罩的朽木架子而今却完全塌了架了呢?

也不是的。

我自己是喜欢而且习惯于讲点实话的人。讲别人，讲自己，我都希望能够讲得实事求是，水分越少越好。我自己觉得，桂冠取掉，里面还不是一堆朽木，还是有颇为坚实的东西的。至于别人怎样看我，我并不十分清楚。因为，正如我在上面说的那样，别人写我的文章我基本上是不读的，我怕里面的溢美之词。现在困居病房，长昼无聊，除了照样舞笔弄墨之外，也常考虑一些与自己学术研究有关的问题，凭自己那一点自知之明，考虑自己学术上有否“功业”，有什么“功业”。我尽量保持客观态度。过于谦虚是矫情，过于自吹自擂是老王，二者皆为我所不敢取。我在下面就“夫子自道”一番。

我常常戏称自己为“杂家”。我对人文社会科学领域内，甚至科技领域内的许多方面都感兴趣。我常说自己是“样样通，样样松”。这话并不确切。很多方面我不通；有一些方面也不松。合辙押韵，说着好玩而已。

我从事科学研究工作，已经有七十年的历史。我这个人在任何方面都是后知后觉。研究开始时并没有显露出什么奇才异能，连我自己都不满意。后来逐渐似乎开了点窍，到了德国以后，才算是走上了正路。但一旦走上了正路，走的就是快车道。回国以后，受到了众多的干扰，十年浩劫中完全停止。改革开放，新风吹起，我又重新上路，到现在已有二十多年了。

根据我自己的估算，我的学术研究的第一阶段是德国十年，研究的主要方向是原始佛教梵语，我的博士论文就是这方面的题目。在论文中，我论到了一个可以说是被我发现的新的语尾，据说在印欧语系比较语言学上颇有重要意义，引起了比较语言学教授的极大关怀。到了 1965 年，我还在印度语言学会出版的 Indian Linguistics Vol. II 发表了一篇 *On the Ending -neatha for the First Person Rlural Atm. in the Buddhist mixed Dialect*。这是我博士论文的持续发展。当年除了博士论文外，我还写了两篇比较重要的论文，一篇是讲不定过去时的，一篇讲 -aṃ > o，u。都发表在哥廷根科学院院刊上。在德国，科学院是最高学术机构，并不是每一个教授都能成为院士。德国规矩，一个系只有一个教授，无所谓系主任。每一个学科，全国也不过有二三十个教授，比不了我们现在大学中一个系的教授数量。在这样的情况下，再选院士，其难可知。科学院的院刊当然都是代表最高学术水平的。我以一个三十岁刚出头的异国的毛头小伙子竟能在上面连续发表文章，要说不沾沾自喜，那就是纯粹的谎话了。而且我在文章中提出的结论至今仍能成立，还有新出现的材料来证明，足以自慰了。此时还写了一篇关于解读吐火罗文的文章。

1946 年回国以后，由于缺少最起码的资料和书刊，原来做的研究工作无法进行，只能改行，我就转向佛教史研究，包括印度、中亚以及中国佛教史在内。在印度佛教史方面，我给与释迦牟尼有不共戴天之仇的提婆达多翻了案，平了反。公元前五六世纪的北天竺，西部是婆罗门的保守势力，东部则兴起了新兴思潮，是前进的思潮，佛教代表的就是这种思潮。提婆达多同佛祖对着干，事实俱在，不容怀疑。但是，他的思想和学说的本质是什么，我一直没弄清楚。我觉得，古今中外写佛教史者可谓多矣，却没有一人提出这个问题，这对真正印度佛教史的研究是不利的。在中亚和中国内地的佛教信仰中，我发现了弥勒信仰的重要作用。也可以算是发前人未发之覆。我那两篇关于“浮屠”与“佛”的文章，篇幅不长，却解决了佛教传入中国的道路的大问题，可惜没引起重视。

我一向重视文化交流的作用和研究。我是一个文化多元论者，我认为，文化一元论有点法西斯味道。在历史上，世界民族，无论大小，大多数都对人类文化做出了贡献。文化一产生，就必然会交流，互学，互补，从而推动了人类社会的进步。我们难以想象，如果没有文化交流，今天的世界会是一个什么样子。在这方面，我不但写过不少的文章，而且在我的许多著作中也贯彻了这种精神。长达约八十万字的《糖史》就是一个好例子。

提到了《糖史》，我就来讲一讲这一部书完成的情况。我发现，现在世界上流行的大语言中，“糖”这一个词儿几乎都是转弯抹角地出自印度梵文的 śarkarā 这个字。我从而领悟到，在糖这种微末不足道的日常用品中竟隐含着一段人类文化交流史。于是我从很多年前就着手搜集这方面的资料。在德国读书时，我在汉学研究所曾翻阅过大量的中国笔记，记得里面颇有一些关于糖的资料。可惜当时我脑袋里还没有这个问题，就视而不见，空空放过，而今再想弥补，是绝对不可能的事情了。今天有了这问题，只能从头做起。最初，电子计算机还很少很少，而且技术大概也没有过关。即使过了关，也不可能把所有的古籍或今籍一下子都收入。留给我的只有一条笨办法：自己查书。然而，群籍浩如烟海，穷我毕生之力，也是难以查遍的。幸而我所在的地方好，北大藏书甲上庠，查阅方便。即使这样，我也要定一个范围。我以善本部和楼上的教员阅览室为基地，有必要时再走出基地。教员阅览室有两层楼的书库，藏书十余万册。于是在我八十多岁后，正是古人“含饴弄孙”的时候，我却开始向科研冲刺了。我每天走七八里路，从我家到大图书馆，除星期日大馆善本部闭馆外，不管是冬天，还是夏天；不管是刮风下雨，还是坚冰在地，我从未间断过。如是者将及两年，我终于翻遍了书库，并且还翻阅了《四库全书》中有关典籍，特别是医书。我发现了一些规律。首先是，在中国最初只饮蔗浆，用蔗制糖的时间比较晚。其次，同在古代波斯一样，糖最初是用来治病的，不是调味的。再次，从中国医书上来看，使用糖的频率越来越小，最后几乎很少见了。最后，也是最重要的一点，把原来是红色的蔗汁熬成的糖浆提炼成洁白如雪的白糖的技术是中国发明的。到现在，世界上只有两部大型的《糖史》，一为德文，算是世界名著；一为英文，材料比较新。在我写《糖史》第二部分，国际部分时，曾引用过这两部书中的一些资料。做学问，搜集资料，我一向主张要有一股“竭泽而渔”的劲头。不能贪图省力，打马虎眼。

既然讲到了耄耋之年向科学进军的情况，我就讲一讲有关吐火罗文研究。我在德国时，本来不想再学别的语言了，因为已经学了不少，超过了我这个小脑袋瓜的负荷能力。但是，那一位像自己祖父般的西克（E.Sieg）教授一定要把他毕生所掌握的绝招统统传授给我。我只能向他那火一般的热情屈服，学习了吐火罗文A焉耆语和吐火罗文B龟兹语。我当时写过一篇文章，讲《福力太子因缘经》的诸译本，解决了吐火罗文本中的一些问题，确定了几个过去无法认识的词儿的含义。回国以后，也是由于缺乏资料，只好忍痛与吐火罗文告别，几十年没有碰过。20世纪70年代，在新疆焉耆县七个星断壁残垣中发掘出来了吐火罗文A的《弥勒会见记剧本》残卷。新疆博物馆的负责人亲临寒舍，要求我加以解读。我由于没有信心，坚决拒绝。但是他们苦求不已，我只能答应下来，试一试看。结果是，我的运气好，翻了几张，书名就赫然出现:《弥勒会见记剧本》。我大喜过望。于是在冲刺完了《糖史》以后，立即向吐火罗文进军。我根据回鹘文同书的译本，把吐火罗文本整理了一番，理出一个头绪来。陆续翻译了一些，有的用中文，有的用英文，译文间有错误。到了 20 世纪 90 年代后期，我集中精力，把全部残卷译成了英文。我请了两位国际上公认是吐火罗文权威的学者帮助我，一位德国学者，一位法国学者。法国学者补译了一段，其余的百分之九十七八以上的工作都是我做的。即使我再谦虚，我也只能说，在当前国际上吐火罗文研究最前沿上，中国已经有了位置。

下面谈一谈自己的散文创作。我从中学起就好舞笔弄墨。到了高中，受到了董秋芳老师的鼓励。从那以后的七十年中，一直写作不辍。我认为是纯散文的也写了几十万字之多。但我自己喜欢的却为数极少。评论家也有评我的散文的；一般说来，我都是不看的。我觉得，文艺评论是一门独立的科学，不必与创作挂钩太亲密。世界各国的伟大作品没有哪一部是根据评论家的意见创作出来的。正相反，伟大作品倒是评论家的研究对象。目前的中国文坛上，散文又似乎是引起了一点小小的风波，有人认为散文处境尴尬，等等，皆为我所不解。中国是世界散文大国，两千多年来出现了大量优秀作品，风格各异，至今还为人所诵读，并不觉得不新鲜。今天的散文作家大可以尽量发挥自己的风格，只要作品好，有人读，就算达到了目的，凭空作南冠之泣是极为无聊的。前几天，病房里的一位小护士告诉我，她在回家的路上一气读了我五篇散文，她觉得自己的思想感情有向上的感觉。这种天真无邪的评语是对我最高的鼓励。

最后，还要说几句关于翻译的话。我从不同文字中翻译了不少文学作品，其中最主要的当然是印度大史诗《罗摩衍那》。

以上是我根据我那一点自知之明对自己“功业”的评估，是我的“优胜纪略”。但是，我自己最满意的还不是这些东西，而是自己胡思乱想关于“天人合一”的新解。至少在十几年前，我就想到了一个问题。大自然中出现了不少问题，比如生态平衡破坏，植物灭种，臭氧出洞，气候变暖，淡水资源匮乏，新疾病产生等等，等等。哪一样不遏制，人类发展前途都会受到影响。我认为，这些危害都是西方与大自然为敌，要征服自然的结果。西方哲人歌德、雪莱、恩格斯等早已提出了警告，可惜听之者寡，情况越来越严重，各国政府，甚至联合国才纷纷提出了环保问题。我并不是什么先知先觉，只是感觉到了，不得不大声疾呼而已。我的“天人合一”要求的是人与大自然要做朋友，不要成为敌人。我们要时刻记住恩格斯的话：大自然是会报复的。

以上就是我的“夫子自道”，“道”得准确与否，不敢说。

但是，“道”的都是真话。

此外，在提倡新兴学科方面，我也做了一些工作，比如敦煌学，我在这方面没有写过多少文章；但对团结学者和推动这项研究工作，我却做出了一些贡献。又如比较文学，关于比较文学的理论问题，我几乎没有写过文章，因为我没有研究。但是中国第一个比较文学研究会却是在北大成立的，可以说是开风气之先。此外，我还主编了几种大型的学术丛书，首先就是《东方文化集成》，准备出五百种，用高水平的研究成果，向世界人民展示什么叫东方文化。我还帮助编纂了《四库全书存目丛书》，取得了很大的成功。其余几种现在先不介绍了。我觉得有相当大意义的工作是我把印度学引进了中国，或者也可以说，在中国过去有光辉历史的有上千年历史的印度研究又重新恢复起来。现在已经有了几代传人，方兴未艾。要说从我身上还有什么值得学习的东西，那就是勤奋。我一生不敢懈怠。

# 我的自传

我于1911年8月6日生于山东省清平县（现并临清市）官庄。我们家大概也小康过。可是到了我出生的时候，祖父母双亡，家道中落，形同贫农。父亲兄弟三人，无怙无恃，孤苦伶仃，一个送了人，剩下的两个也是食不果腹、衣不蔽体，饿得到枣林里去拣落到地上的干枣来吃。

六岁以前，我有一个老师马景恭先生。他究竟教了我些什么，现在完全忘掉了，大概只不过几个字罢了。六岁离家，到济南去投奔叔父。他是在万般无奈的情况下逃到济南去谋生的，经过不知多少艰难险阻，终于立定了脚跟。从那时起，我才算开始上学。曾在私塾里念过一些时候，念的不外是《百家姓》、《千字文》、《三字经》、“四书”之类。以后接着上小学。转学的时候，因为认识一个“骡”字，老师垂青，从高小开始念起。

我在新育小学考过甲等第三名、乙等第一名，不是拔尖的学生，也不怎样努力念书。三年高小，平平常常。有一件事值得提出来谈一谈：我开始学英语。当时正规小学并没有英语课。我学英语是利用业余时间，上课是在晚上。学的时间不长，只不过学了一点语法、一些单词而已。我当时有一个怪问题:“有”和“是”都没有“动”的意思，为什么叫“动词”呢?后来才逐渐了解到，这只不过是一个译名不妥的问题。

我万万没有想到，就由于这一点英语知识，我在报考中学时沾了半年光。我这个人颇有点自知之明，有人说，我自知过了头。不管怎样，我幼无大志，却是肯定无疑的。当时山东中学的“拿摩温”是山东省立第一中学。我这个癞蛤蟆不敢吃天鹅肉，我连去报名的勇气都没有，我只报了一个“破”正谊。可这个学校考试时居然考了英语。出的题目是汉译英:“我新得了一本书，已经读了几页，可是有些字我不认得。”我翻出来了，只是为了不知道“已经”这个词儿的英文译法而苦恼了很长时间。结果我被录取，不是一年级，而是一年半级。

在正谊中学学习期间，我也并不努力，成绩徘徊在甲等后几名、乙等前几名之间，属于上中水平。我们的学校濒临大明湖，风景绝美。一下课，我就跑到校后湖畔去钓虾、钓蛤蟆，不知用功为何物。但是，叔父却对我期望极大，要求极严。他亲自给我讲课，选了一本《课任选文》，大都是些理学的文章。他并没有受过什么系统教育，但是他绝顶聪明，完全靠自学，经史子集都读了不少，能诗，善书，还能刻图章。他没有男孩子，一切希望都寄托在我身上。他严而慈，对我影响极大。我今天勉强学得了一些东西，都出于他之赐，我永远不会忘掉。根据他的要求，我在正谊下课以后，参加了一个古文学习班，读了《左传》《战国策》《史记》等书，当然对老师另给报酬。晚上，又要到尚实英文学社去学英文，一直到10点才回家。这样的日子，大概过了八年。我当时并没有感觉到有什么负担，但也不了解其深远意义，依然顽皮如故，摸鱼钓虾而已。现在回想起来，我今天这一点不管多么单薄的基础不是那时打下的吗?

至于我们的正式课程，国文、英、数、理、生、地、史都有。国文念《古文观止》一类的书，要求背诵。英文念《泰西五十轶事》《天方夜谭》《莎氏乐府本事》《纳氏文法》等等。写国文作文全用文言，英文也写作文。课外，除了上补习班外，我读了大量的旧小说，什么《三国》《西游》《封神演义》《说唐》《说岳》《济公传》《彭公案》《三侠五义》等等无不阅读。《红楼梦》我最不喜欢。连《西厢记》《金瓶梅》一类的书，我也阅读。这些书对我有什么影响，我说不出，反正我并没有想去当强盗或偷女人。

初中毕业以后，在正谊念了半年高中。1926年转入新成立的山东大学附设高中。山东大学的校长是前清状元、当时的教育厅长王寿彭。他提倡读经。在高中教读经的有两位老师，一位是前清翰林或者进士，一位绰号“大清国”，是一个顽固的遗老。两位老师的姓名我都忘记了，只记住了绰号。他们上课，都不带课本，教《书经》和《易经》，都背得滚瓜烂熟，连注疏都在内，据说还能倒背。教国文的老师是王崑玉先生，是一位桐城派的古文作家，有自己的文集。后来到山东大学去当讲师了。他对我的影响极大。记得第一篇作文题目是《读〈徐文长传〉书后》。完全出我意料，这篇作文受到他的高度赞扬，批语是“亦简劲，亦畅达”。我在吃惊之余，对古文产生了浓厚的兴趣，弄到了《韩昌黎集》《柳宗元集》，以及欧阳修、三苏等的文集，想认真钻研一番。谈到英文，由于有尚实英文学社的底子，别的同学很难同我竞争。还有一件值得一提的事情是，我也学了德文。

由于上面提到的那些，我在第一学期考了一个甲等第一名，而且平均分数超过 95 分，因此受到了王状元的嘉奖。他亲笔写了一副对联和一个扇面奖给我，这当然更出我意料。我从此才有意识地努力学习。要追究动机，那并不堂皇，无非是想保持自己的面子，绝不能从甲等第一名落到第二名，如此而已。反正我在高中学习三年中，六次考试，考了六个甲等第一名，成了“六连贯”，自己的虚荣心得到了充分的满足。

这是不是就改变了我那幼无大志的情况呢？也并没有。我照样是鼠目寸光，胸无大志，我根本没有发下宏愿，立下大志，终身从事科学研究，成为什么学者。我梦寐以求的只不过是毕业后考上大学，在当时谋生极为困难的条件下，抢到一只饭碗，无灾无难，平平庸庸地度过一生而已。

1929 年，我转入新成立的山东省立济南高中，学习了一年，这在我一生中是一个重要的阶段。特别是国文方面，这里有几个全国闻名的作家：胡也频、董秋芳、夏莱蒂、董每戡等等。前两位是我的业师。胡先生不遗余力地宣传现代文艺，也就是普罗文学。我也迷离模糊，读了一些从日文译过来的马克思主义文艺理论。我曾写过一篇《现代文艺的使命》，大概是东抄西抄，勉强成篇。不意竟受到胡先生垂青，想在他筹办的杂志上发表。不幸他被国民党反动派通缉，仓促逃往上海，不久遇难。我的普罗文学梦也随之消逝。接他工作的是董秋芳（冬芬）先生。我此时改用白话写作文，大得董先生赞扬，认为我同王联榜是“全校之冠”。这当然给了我极大的鼓励。我之所以五十年来舞笔弄墨不辍，至今将近耄耋之年，仍然不能放下笔，全出于董老师之赐，我毕生难忘。

在这里，虽然已经没有经学课程，国文课本也以白话为主。我自己却没有放松对中国旧籍的钻研。我阅读的范围仍然很广，方面仍然很杂。陶渊明、杜甫、李白、王维、李义山、李后主、苏轼、陆游、姜白石等等诗人、词人的作品，我都读了不少。这对我以后的工作起了积极的影响。

1930 年，我高中毕业，到北平来考大学。由于上面说过的一些原因，当年报考中学时那种自卑心理一扫而光，有点接近狂傲了。当时考一个名牌大学，十分困难，录取的百分比很低。为了得到更多的录取机会，我那八十多位同班毕业生，每人几乎都报七八个大学。我却只报了北大和清华。结果我两个大学都考上了。经过一番深思熟虑，我选了清华，因为，我想，清华出国机会多。选系时，我选了西洋系。这个系分三个专修方向（specialized）：英文、德文、法文。只要选某种语言一至四年，就算是专修某种语言。其实这只是一个形式，因为英文是从小学就学起的，而德文和法文则是从字母学起。教授中外籍人士居多，不管是哪国人，上课都讲英语，连中国教授也多半讲英语。课程也以英国文学为主，课本都是英文的，有“欧洲文学史”“欧洲古典文学”“中世纪文学”“文艺复兴文学”“文艺批评”“莎士比亚”“英国浪漫诗人”“近代长篇小说”“文学概论”“文艺心理学（美学）”“西洋通史”“大一国文”“一二年级英语”等等。

我的专修方向是德文。四年之内，共有三个教授授课，两位德国人，一位中国人。尽管我对这些老师都怀念而且感激，但是，我仍然要说，他们授课相当马虎。四年之内，在课堂上，中国老师只说汉语，德国老师只说英语，从来不用德语讲课。结果是，学了四年德文，我们只能看书，而不能听和说。我的学士论文是 *The Early Poems of Hölderlin*，指导教授是 Ecke（艾克）。

在所有的课程中，我受益最大的不是正课，而是一门选修课——朱光潜先生的“文艺心理学”和一门旁听课：陈寅恪先生的“佛经翻译文学”。这两门课对我以后的发展有深远影响，可以说是一直影响到现在。我搞一点比较文学和文艺理论，显然是受了朱先生的熏陶。而搞佛教史、佛教梵语和中亚古代语言，则同陈先生的影响是分不开的。

顺便说一句，我在大学在课余仍然继续写作散文，发表在当时颇有权威性的报刊上。我可万万没有想到，那样几篇散文竟给我带来了好处。1934 年，清华毕业，找工作碰了钉子。母校山东济南高中的校长宋还吾先生邀我回母校任国文教员。我那几篇散文就把我制成了作家，而当时的逻辑是，只要是作家就能教国文。我可是在心里直打鼓：我怎么能教国文呢？但是，快到秋天了，饭碗还没有拿到手，我于是横下了一条心：你敢请我，我就敢去！我这个西洋文学系的毕业生一变而为国文教员。我就靠一部《辞源》和过去读的那一些旧书，堂而皇之当起国文教员来。我只有二十三岁，班上有不少学生比我年龄大三四岁，而且在家乡读过私塾。我实在是如履薄冰。

教了一年书，到了 1935 年，上天又赐给一个良机。清华大学与德国签订了交换研究生的协定。我报名应考，被录取。这一年的深秋，我到了德国哥廷根大学，开始了国外的学习生活。我选的主系是印度学，两个副系是英国语言学和斯拉夫语言学。我学习了梵文、巴利文、俄文、南斯拉夫文、阿拉伯文等等，还选了不少的课。教授是 Sieg、Waldschmidt、Braun 等等。

这时第二次世界大战正在剧烈进行。德国被封锁，什么东西也输入不进来，要吃没吃，要穿没穿。大概有四五年的时间，我忍受了空前的饥饿，终日饥肠辘辘，天上还有飞机轰炸。我怀念祖国和家庭。“烽火连六年，家书抵亿金。”实际上我一封家书都收不到。就在这样十分艰难困苦的条件下，我苦读不辍。1941 年，通过论文答辩和口试，以全优成绩，获得哲学博士学位。我的博士论文是 :《〈大事〉中伽陀部分限定动词的变化》。

在这一段异常困苦的期间，最使我感动的是德国老师的工作态度和对待中国学生的态度。我是一个素昧平生的异邦青年。他们不但没有丝毫歧视之意，而且爱护备至，循循善诱。Waldschmidt 教授被征从军。Sieg 教授以耄耋之年，毅然出来代课。其实我是唯一的博士生，他教的对象也几乎就是我一个人。他把他的看家本领都毫无保留地要传给我。他给我讲了《梨俱吠陀》、《波你尼语法》、Patanjali 的《大疏》、《十王子传》等。他还一定坚持要教我吐火罗文。他是这个语言的最高权威，是他把这本天书读通了的。我当时工作极多，又患神经衰弱，身心负担都很重。可是看到这位老人那样热心，我无论如何不能让老人伤心，便遵命学了起来。同学的还有比利时 W. Couvreur 博士，后来成了名教授。

谈到工作态度，我的德国老师都是楷模。他们的学风都是异常的认真、细致、谨严。他们写文章，都是再三斟酌，多方讨论，然后才发表。德国学者的“彻底性”（Grundlichkeit）是名震寰宇的。对此我有深切的感受。可惜后来由于环境关系，我没能完全做到，真有点愧对我的德国老师了。

从 1937 年起，我兼任哥廷根大学汉学系讲师。这个系设在一座大楼的二层上，几乎没有人到这座大楼来，因此非常清静。系的图书室规模相当大，在欧洲颇有一些名气。许多著名的汉学家到这里来看书，我就碰到不少，其中最著名的有英国的 Arthur Waley 等。我在这里也读了不少的中国书，特别是笔记小说以及佛教大藏经，扩大了我在这方面的知识面。

我在哥廷根待了整整十个年头。1945 年秋冬之交，我离开这里到瑞士去，住了将近半年。1946 年春末，取道法国、越南，夏天回到了别离将近十一年的祖国。

我的留学生活，也可以说是我的整个学生生活就这样结束了。这一年我三十五岁。

1946 年秋天，我到北京大学来任教授，兼东方语言文学系主任。是我的老师陈寅恪先生把我介绍给胡适、傅斯年、汤用彤三位先生的。按当时北大的规定：在国外获得博士学位回国的，只能任副教授。对我当然也要照此办理。也许是我那几篇在哥廷根科学院院刊上发表的论文起了作用。我到校后没有多久，汤先生就通知我，我已定为教授。从那时到现在时光已经过去了四十二年，我一直没有离开北大过。期间我担任系主任三十来年，担任副校长五年。1956 年，我当选中国科学院学部委员。十年浩劫中靠边站，挨批斗，符合当时的“潮流”。现在年近耄耋，仍然搞教学、科研工作，从事社会活动，看来离八宝山还有一段距离。以上这一切都是平平常常的经历，没有什么英雄业绩，我就不再啰唆了。

我体会，一些报刊之所以要我写自传的原因，是想让我写点什么治学经验之类的东西。那么，在长达六十年的学习和科研活动中，我究竟有些什么经验可谈呢？粗粗一想，好像很多；仔细考虑，无影无踪。总之是卑之无甚高论。不管好坏，鸳鸯我总算绣了一些，至于金针则确乎没有，至多是铜针、铁针而已。

我记得，鲁迅先生在一篇文章中讲了一个笑话：一个江湖郎中在市集上大声吆喝，叫卖治臭虫的妙方。有人出钱买了一个纸卷，层层用纸严密裹住。打开一看，妙方只有两个字：勤捉。你说它不对吗？不行，它是完全对的。但是说了等于不说。我的经验压缩成两个字是勤奋。再多说两句就是：争分夺秒，念念不忘。灵感这东西不能说没有，但是，它不是从天上掉下来的，而是勤奋出灵感。

上面讲的是精神方面的东西，现在谈一点具体的东西。我认为，要想从事科学研究工作，应该在四个方面下功夫：一，理论；二，知识面；三，外语；四，汉语。唐代刘知几主张，治史学要有才、学、识。我现在勉强套用一下，理论属识，知识面属学，外语和汉语属才，我在下面分别谈一谈。

# 一、理　论

现在一讲理论，我们往往想到马克思主义。这样想，不能说不正确。但是，必须注意几点。一，马克思主义随时代而发展，绝非僵化不变的教条。二，不要把马克思主义说得太神妙，令人望而生畏，对它可以批评，也可以反驳。我个人认为，马克思主义的精髓就是唯物主义和辩证法。唯物主义就是实事求是。把黄的说成是黄的，是唯物主义。把黄的说成是黑的，是唯心主义。事情就是如此简单明了。哲学家们有权力去作深奥的阐述，我辈外行，大可不必。至于辩证法，也可以作如是观。看问题不要孤立，不要僵死，要注意多方面的联系，在事物运动中把握规律，如此而已。我这种幼儿园水平的理解，也许更接近事实真相。

除了马克思主义以外，古今中外一些所谓唯心主义哲学家的著作，他们的思维方式和推理方式，也要认真学习。我有一个奇怪的想法：百分之百的唯物主义哲学家和百分之百的唯心主义哲学家，都是没有的。这就是和真空一样，绝对的真空在地球上是没有的。中国古话说："智者千虑，必有一失。"就是这个意思。因此，所谓唯心主义哲学家也有不少东西值得我们学习的。我们千万不要像过去那样把十分复杂的问题简单化和教条化，把唯心主义的标签一贴，就"奥伏赫变"。

## 二、知识面

要求知识面广，大概没有人反对。因为，不管你探究的范围多么窄狭，多么专门，只有在知识广博的基础上，你的眼光才能放远，你的研究才能深入。这样说已经近于常识，不必再做过多的论证了。我想在这里强调一点，这就是，我们从事人文科学和社会科学研究的人，应该学一点科学技术知识，能够精通一门自然科学，那就更好。今天学术发展的总趋势是，学科界限越来越混同起来，边缘学科和交叉学科越来越多。再像过去那样，死守学科阵地，鸡犬之声相闻，老死不相往来，已经完全不合时宜了。此外，对西方当前流行的各种学术流派，不管你认为多么离奇荒诞，也必须加以研究，至少也应该了解其轮廓，不能简单地盲从或拒绝。

## 三、外　语

外语的重要性，尽人皆知。若再详细论证，恐成蛇足。我在这里只想强调一点：从今天的世界情势来看，外语中最重要的是英语，它已经成为名副其实的世界语。这种语言，我们必须熟练掌握，不但要能读，能译，而且要能听，能说，能写。今天写学术论文，如只用汉语，则不能出国门一步，不能同世界各国的同行交流。如不能听说英语，则无法参加国际学术会议。情况就是如此地咄咄逼人，我们不能不认真严肃地加以考虑。

## 四、汉　语

我在这里提出汉语来，也许有人认为是非常异议可怪之论。“我还不能说汉语吗？”“我还不能写汉文吗？”是的，你能说，也能写。然而仔细一观察，我们就不能不承认，我们今天的汉语水平是非常成问题的。每天出版的报章杂志，只要稍一注意，就能发现别字、病句。我现在越来越感到，真要想写一篇准确、鲜明、生动的文章，绝非轻而易举。要能做到这一步，还必须认真下点功夫。我甚至想到，汉语掌握到一定程度，想再前进一步，比学习外语还难。只有承认这一个事实，我们的汉语水平才能提高，别字、病句才能减少。

我在上面讲了四个方面的要求。其实这些话都属于老生常谈，都平淡无奇。然而真理不往往就寓于平淡无奇之中吗？这同我在上面引鲁迅先生讲的笑话中的“勤捉”一样，看似平淡，实则最切实可行，而且立竿见影。我想到这样平凡的真理，不敢自秘，便写了出来，其意不过如野叟献曝而已。

我现在想谈一点关于进行科学研究指导方针的想法。六七十年前胡适先生提出来的“大胆地假设，小心地求证”，我认为是不刊之论，是放之四海而皆准的方针。古今中外，无论是社会科学，还是自然科学，概莫能外。在那一段教条主义猖獗、形而上学飞扬跋扈的时期内，这个方针曾受到多年连续不断的批判。我当时就百思不得其解。试问哪一个学者能离开假设与求证呢？所谓大胆，就是不为过去的先人之见所限，不为权威所囿，能够放开眼光，敞开胸怀，独具只眼，另辟蹊径，提出自己的假设，甚至胡思乱想，想入非非，亦无不可。如果连这一点胆量都不敢有，那只有循规蹈矩，墨守成法，鼠目寸光，拾人牙慧，个人绝不会有创造，学术绝不会进步。这一点难道还不明白，还要进行烦琐的论证吗？

总之，我要说，一要假设，二要大胆，缺一不可。

但是，在提倡大胆地假设的同时，必须大力提倡小心地求证。一个人的假设，绝不会一提出来就完全符合实际情况，有一个随时修改的过程。我们都有这样一个经验：在想到一个假设时，自己往往诧为“神来之笔”，是“天才火花”的闪烁，而狂欢不已。可是这一切都并不是完全可靠的。假设能不能成立，完全依靠求证。求证要小心，要客观，绝不允许厌烦，更不允许马虎。要从多层次、多角度上来求证，从而考验自己的假设是否正确，或者正确到什么程度，哪一部分正确，哪一部分又不正确。所有这一切都必须实事求是，容不得丝毫私心杂念，一以证据为准。证据否定掉的，不管当时显得多么神奇，多么动人，都必须毅然毫不吝惜地加以扬弃。部分不正确的，扬弃部分。全部不正确的，扬弃全部。事关学术良心，决不能含糊。可惜到现在还有某一些人，为了维护自己“奇妙”的假设，不惜歪曲证据，剪裁证据。对自己的假设有用的材料，他就用；没有用的、不利的，他就视而不见，或者见而掩盖。这都是“缺德”（史德也）的行为，我期期以为不可。至于剽窃别人的看法或者资料，而不加以说明，那是小偷行为，斯下矣。

总之，我要说，一要求证，二要小心，缺一不可。

我刚才讲的“史德”，是借用章学诚的说法。他把“史德”解释成“心术”。我在这里讲的也与“心术”有关，但与章学诚的“心术”又略有所不同，有点引申的意味。我的中心想法是不要骗自己，不要骗读者。做到这一步，是有德，否则就是缺德。写什么东西，自己首先要相信。自己不相信而写出来要读者相信，不是缺德又是什么呢？自己不懂而写出来要读者懂，不是缺德又是什么呢？我这些话绝非无中生有，无的放矢。我都有事实根据。我以垂暮之年，写了出来，愿与青年学者们共勉之。

现在再谈一谈关于搜集资料的问题。进行科学研究，必须搜集资料，这是不易之理。但是，搜集资料并没有什么一定之规。最常见的办法是使用卡片，把自己认为有用的资料抄在上面，然后分门别类，加以排比。可这也不是唯一的办法。陈寅恪先生把有关资料用眉批的办法，今天写上一点，明天写上一点，积之既久，资料多到能够写成一篇了，就从眉批移到纸上，就是一篇完整的文章。比如，他对《高僧传·鸠摩罗什传》的眉批，竟比原文还要多几倍，是一个典型的例子。我自己既很少写卡片，也从来不用眉批，而是用比较大张的纸，把材料写上。有时候随便看书，忽然发现有用的材料，往往顺手拿一些手边能拿到的东西，比如通知、请柬、信封、小纸片之类，把材料写上，再分类保存。我看到别人也有这个情况，向达先生有时就把材料写在香烟盒上。用比较大张的纸有一个好处，能把有关的材料都写在上面，约略等于陈先生的眉批。卡片面积太小，这样做是办不到的。材料抄好以后，要十分认真细心地加以保存，最好分门别类装入纸夹或纸袋。否则，如果一时粗心大意丢上张把小纸片，上面记的可能是至关重要的材料，这样会影响你整篇文章的质量，不得不黾勉从事。至于搜集资料要巨细无遗，要有竭泽而渔的精神，这是不言自喻的。但是，要达到百分之百的完整的程度，那也是做不到的。不过我们千万要警惕，不能随便搜集到一点资料，就动手写长篇论文。这样写成的文章，其结论之不可靠是显而易见的。与此有联系的就是要注意文献目录，只要与你要写的文章有关的论文和专著的目录，你必须清楚。否则，人家已经有了结论，而你还在卖劲地论证，必然贻笑方家，不可不慎。

我想顺便谈一谈材料有用无用的问题。严格讲起来，天下没有无用的材料，问题是对谁来说，在什么时候说。就是对同一个人，也有个时机问题。大概我们都有这样的经验：只要你脑海里有某一个问题，一切资料，书本上的、考古发掘的、社会调查的等等，都能对你有用。搜集这样的资料也并不困难，有时候资料简直是自己跃入你的眼中。反之，如果你脑海里没有这个问题，则所有这样的资料对你都是无用的。但是，一个人脑海里思考什么问题，什么时候思考什么问题，有时候自己也掌握不了。一个人一生中不知要思考多少问题。当你思考甲问题时，乙问题的资料对你没有用。可是说不定什么时候你会思考起乙问题来。你可能回忆起以前看书时曾碰到过这方面的资料，现在再想去查找，可就“云深不知处”了。这样的经验我一生不知碰到多少次了，想别人也必然相同。

那么怎么办呢？最好脑海里思考问题，不要单打一，同时要思考几个，而且要念念不忘，永远不让自己的脑子停摆，永远在思考着什么。这样一来，你搜集面就会大得多，漏网之鱼也就少得多。材料当然也就积累得多，养兵千日，用兵一时；一旦用起来，你就左右逢源了。

最后还要谈一谈时间的利用问题。时间就是生命，这是大家都知道的道理。而且时间是一个常数，对谁都一样，谁每天也不会多出一秒半秒。对我们研究学问的人来说，时间尤其珍贵，更要争分夺秒。但是各人的处境不同，对某一些人来说就有一个怎样利用时间的“边角废料”的问题。这个怪名词是我杜撰出来的。时间摸不着看不见，但确实是一个整体，哪里会有什么“边角废料”呢？这只是一个形象的说法。平常我们做工作，如果一整天没有人和事来干扰，你可以从容濡笔，悠然怡然，再佐以龙井一杯、云烟三支，神情宛如神仙，整个时间都是你的，那就根本不存在什么“边角废料”问题。但是有多少人能有这种神仙福气呢？鲁钝如不佞者几十年来就做不到。新中国成立以来，我搞了不知多少社会活动，参加了不知多少会，每天不知有多少人来找，心烦意乱，啼笑皆非。回想十年浩劫期间，我成了“不可接触者”，除了蹲牛棚外，在家里也是门可罗雀。《罗摩衍那》译文八巨册就是那时候的产物。难道为了读书写文章就非变成“不可接触者”或者“右派”不行吗？浩劫一过，我又是门庭若市，而且参加各种各样的会，终日马不停蹄。我从前读过马雅可夫斯基的《开会迷》和张天翼的《华威先生》，觉得异常可笑，岂意自己现在就成了那一类人物，岂不大可哀哉！但是，人在无可奈何的情况下是能够想出办法来的。现在我既然没有完整的时间，就挖空心思利用时间的“边角废料”。在会前、会后，甚至在会中，构思或动笔写文章。有不少会，讲话空话废话居多，传递的信息量却不大，态度欠端，话风不正，哼哼哈哈，不知所云，又佐之以“这个”“那个”，间之以“唵”“啊”，白白浪费精力，效果却是很少。在这时候，我往往只用一个耳朵或半个耳朵去听，就能兜住发言的全部信息量，而把剩下的一个耳朵或一个半耳朵全部关闭，把精力集中到脑海里，构思，写文章。当然，在飞机上、火车上、汽车上，甚至自行车上，特别是在步行的时候，我脑海里更是思考不停。这就是我所说的利用时间的“边角废料”。积之既久，养成“恶”习，只要在会场一坐，一闻会味，心花怒放，奇思妙想，联翩飞来；“天才火花”，闪烁不停；此时文思如万斛泉涌，在鼓掌声中，一篇短文即可写成，还耽误不了鼓掌。倘多日不开会，则脑海活动，似将停止，“江郎”仿佛“才尽”。此时我反而期望开会了。这真叫作没有法子。

我在上面拉杂地写了自己七十年的自传。总起来看，没有大激荡，没有大震动，是一个平凡人的平凡的经历。我谈的治学经验，也都属于“勤捉”之类，卑之无甚高论。比较有点价值的也许是那些近乎怪话的意见。古人云：“修辞立其诚。”我没有说谎话，只有这一点是可以告慰自己，也算是对得起别人的。

1988 年 10 月 26 日

上面的自传是 1988 年写成的，到现在已经整整十年了。在人生百年中，十年是一个不短的期间。时移世异，人事沧桑，今天的我已经非复当年之我了。现在中央党校出版社要出版我的《牛棚杂忆》，希望能附上我的一篇自传，使读者能了解牛棚里的季羡林究竟是何许人，并且建议就用上面这一篇，再加上点延续，一直写到今天。这个建议是合情合理的，我准备采纳。

但是，仔细一琢磨，却有了困难。上面这一篇是有头有尾的。如果在尾巴砍上一刀，狗尾续貂，难免不伦不类，不像是一篇完整的文章。考虑再三，决定保留上篇的完整性，再补上一个下篇，看上去，同样是完整的。

1988 年是一个什么样的年头呢？改革开放的政策已经实行了十年，取得了异乎寻常的成功。经济繁荣，人民欢乐，知识分子身上的枷锁砸掉了，身心都感到异常的欢悦，精神又振奋了起来，学术界和文艺界真是一派大好形势。我自己当然也感觉到了这种盎然的春意。虽然早已过了退休的年龄；但是，学校决定我不退休，我感到很光荣，干劲倍增。不似少年，胜似少年，怡怡然忘记了老之已至。我虽然已经没有正式的行政工作，但是社会工作和社会活动，却是有增无减。全国性的学术团体中我被选为主席、会长或名誉主席、会长的有七八个之多。至于理事之类，数目更多。不顾不问的顾问，一个团体的或一部书的，总有几十上百个，确实数目，只有天老爷知道，我个人是搞不清楚的。大型丛书，上千册的，上百册的，由我担任主编的，也有三四部。至于电视采访，照相录音，也是常事。几乎每天下午都是宾客盈门。每天接到各式各样的来信也有多封。里面的请求千奇百怪。一些僻远省份青年学生的来信，确实给我带来很大的快乐。我从内心里感谢这一些天真无邪的青年男女学生对我的信任。一位著名的作家，在自己的文章里提到我，说我每信必覆。这却给我带来了灾难。我哪里能做到每信必覆呢？即使我什么事情都不干，也是做不到的。我只能让我的助手和学生代覆，这难免给一些男女大孩子带来了失望。我内疚于心，然而却无能为力。

我写这些事情干什么呢？目的只有一个，那就是，告诉读者我现在生活和工作的真实的情况；如果我有不周到的地方，请他们体贴原谅。

在学术工作方面，有人说，我对自己太残酷。已经到了望九之年，虽然大体上说来，我的身体还算是硬朗的，但是眼睛和耳朵都已不太灵光，走路有点“飘”；可我仍然是不明即起，亮起了朗润园里的第一盏灯，伏案读写，孜孜不倦。难道我不知道，到圆明园或颐和园去遛弯，再远一点，到香山去爬山，不比现在这样更轻松愉快吗？难道我在名利方面还有什么野心吗？都不是的。我知道遛弯舒服，但我认为人活着不是为了多溜几年弯。那不是追求的目的。至于名利，我现在不虞之誉纷至沓来；利的方面，爬格子爬出了点名堂，稿费也是纷至沓来。可以说，在名利两个方面我都够用了，再多了，反而会成为累赘。那么，我这样干的目的究竟是什么呢？我不愿说谎话，讲些为国为民的大道理。我只能说，这样做能使自己心里平静。如果有一天我没能读写文章，清夜自思，便感内疚，认为是白白浪费一天。习惯成自然，工作对我来说已经成了痼疾，想要改正，只有等待来生了。

计算一下，最近几年来，我每年写的文章，数目远远超过过去的任何一年。我平生最长最艰巨的两部书，都是在耄耋之年完成的。一部是长达八十万字的《糖史》，一部是也长达数十万字（因为部分用英文写成的，字数难以准确统计）的吐火罗文A方言（焉耆文）的《弥勒会见记剧本》的译释。我虽然是个杂家，但是杂中还是有重点的。可惜，由于一些原因，不明真相的人往往不明白我干的究竟是哪一行。外面来的信，有的寄到中文系，有的寄到历史系，有的寄到哲学系，有的寄到西语系，有的甚至寄到社会学系。从中可以看出人们对我的了解。两部大书一出，估计可以减少点混乱。对我来说，这种混乱一点影响也没有的。

以上是我最近十年来生活的综述，也可以算是“自传”吧。

在这期间，我是怎样考虑十年浩劫的呢？实际上，从我脑筋开了窍认识到这一场在极端绚丽的面纱下蒙着的极端残酷的悲剧那一天起，我就没有把它忘记。但是，我期待着，期待着，一直到1992年《牛棚杂忆》产生，我的期待结束。到了今年1998年，《牛棚杂忆》终于出版问世。我的心情才比较得到了点宁静。这一切我已经在“自序”中比较详尽地介绍了，这里不再重复。我觉得，我总算为中华民族的后世子孙做了一件好事。我又有了新的期待，我期待还能有问津者。

1998年3月11日